꽃 지기 전에

꽃 지기 전에

**초판 1쇄 인쇄** 2023년 5월 1일
**초판 1쇄 발행** 2023년 5월 12일

**지은이** 권용석 노지향
**펴낸이** 정해종

**펴낸곳** ㈜파람북
**출판등록** 2018년 4월 30일 제2018 – 000126호
**주소** 서울특별시 마포구 토정로 222 한국출판콘텐츠센터 303호
**전자우편** info@parambook.co.kr **인스타그램** @param.book
**페이스북** www.facebook.com/parambook/ **네이버 포스트** m.post.naver.com/parambook
**대표전화** (편집) 02 – 2038 – 2633 (마케팅) 070 – 4353 – 0561

**ISBN** 979-11-92964-27-0     03810
책값은 뒤표지에 있습니다.

# 꽃 지기 전에

권용석 · 노지향 지음

# 책을 통해 그를 다시 만납니다

호인수(천주교 사제, 시인)

"앞으로는 신부님 속상해하시는 일 없도록 더 잘하겠습니다. 이번 꽃이 신부님이랑 잘 어울리지만, 담엔 좀 더 어울리는 선물 보내드릴게요."

작년 2월 24일, 목요일 오후 4시 49분에 권용석이 내게 보낸 카톡 문자입니다. 내가 오전에 용석이 보낸 작은 유리 상자 속의 꽃다발을 받고 "나한테는 어울리지도 않는 예쁜 꽃을 다 보냈네. 좋아졌다니 기적만 같아. 내가 더 고맙다"라고 보낸 문자에 대한 답문이었습니다. 며칠 전에 용석의 상태가 뜻밖에 좋아졌다는 부인 노지향의 한껏 고양된 목소리를 들은 터였거든요. 거기까지가 다였습니다. 용석이 담에 보내겠다던 '좀 더 어울리는 선물'은 석 달이 채 못 돼서 받은 지향의 울먹이는 전화 목소리였습니다. 용석이 하늘나라에 갔다는…. '더 잘할' 생각 말고 서둘러 가지나 말지.

6월의 어느 하늘 푸르던 날, 나는 생전에 용석이가 남달리 따르고 좋아했던 학교 선배 김효식과 같이 홍천에 갔습니다. 용석이는 두 내외가 가진 모든 걸 다 바쳐 지은 '행복공장 수련원'의 넓지 않은 잔디마당 한구석, 연녹색 느티나무 아래 작고 까만 상석을 머리에 이고 조용히 잠들어 있었습니다. 거기에는 이런 글이 새겨져 있었습니다. "그대와 함께 걸은 길 모든 이에게 꽃길이 되길" 지향도 효식도 곁에 서서 말없이 눈물을 흘렸습니다. 나는 고개를 들어 한참 동안 파란 하늘을 바라보았습니다. 거기 서슬 퍼런 검사의 매서운 눈초리는 보이지 않고 얼굴 길쯤하고 한없이 선하기만 한 용석이 빙그레 웃고 있었습니다.

　용석이 훌쩍 떠난 게 너무도 아깝고 아쉬워서 지향의 주선으로 두 내외가 못다 한 말들을 글로 엮어 여기 내놓았습니다. 그를 다시 만난 듯 반갑습니다. 이 책이 아니면 나는 그를 저세상에서도 다시는 못 볼 뻔했습니다. 지금 그가 있는 하늘나라에 갈 자신이 도무지 없어섭니다. 미안합니다.

# 희망은 그렇게 소리 없이 자란다

김기석(청파교회 담임목사)

고통을 핑계 삼아 다른 이들을 고문하는 이들이 있다. 하지만 운명처럼 다가온 고통에 매몰되지 않고 그것을 연료 삼아 생명과 희망의 불꽃을 피워 올리는 이들도 있다. 권용석도 그중의 하나이다. 유능한 검사였고 변호사였던 그를 이름으로만 호명하는 까닭은 그가 구현한 인간의 아름다움을 기리고 싶어서이다. 끈질기게 그를 사로잡고 놓아주지 않는 질병을 겪어내면서도 그의 영혼은 흐려지지 않았다. 오히려 맑아지고 깊어졌다. 그가 홍천에 공들여 일군 행복 공장은 도무지 행복과는 무관해 보이는 이들, 세상을 두렵게 바라보는 이들을 초대해 행복의 세계를 열어 보인다. 행복 공장 공장장 노지향은 못다 이룬 남편의 꿈을 이루기 위해 오늘도 사랑의 수고를 아끼지 않는다. 그 사랑을 경험한 이들이 세상 도처에 흩어져 새로운 사랑의 공동체를 일구고 있다. 희망은 그렇게 소리 없이 자란다.

## 마음이 환해지는 선물 같은 글

조현(한겨레신문 종교전문기자)

해피와 토리는 할배만 보면 좋아 어쩔 줄 몰랐다. 병원에 입원하느라 홍천 행복공장을 떠나있을 때면, 해피와 토리가 얼마나 애타게 할배를 찾을 지를 걱정하며 안타까워했다. 의료용으로 생체실험을 당하거나 도살당할뻔하다 행복공장에 입양된 반려견 해피와 토리의 생애에서 권용석 같은 할배를 만났다는 것은 얼마나 큰 행운이었을까. 하루 한두 번 강가로 할배와 함께하는 산책길은 해피, 토리에겐 삶의 무서운 트라우마를 벗고, 온전히 자신을 사랑해주는 따스한 눈길 속에서 아름다운 자연을 만끽하며 그 순간을 즐길 수 있는, 안락의 시간이었다. 용석이는 목을 짓누르는 암 덩어리를 달고서도, 해피와 토리가 가진 생의 암 덩어리를 녹여주는 존재였다. 홍천에 내려갈 때마다 그 아름다운 산책길에 동행하는 행운을 누렸다.

나이가 어느 정도 들어서 만나면 친구가 되기가 쉽지 않다고 한다. 행복공장을 꿈꾸던 그는 수많은 수행·수도와 심리치유 프로그램을 직접 체험해보고 2001년 쓴 내 졸저 『나를 찾아 떠나는 여행』을 읽고선 동갑내기인 내게 "우리 친구 하자"며 스스럼없이 다가왔다. 보기와는 달리 낯가림이 적지 않은 나도, 취재처에서 만나는 많은 '잘난 사람들'과는 결이 다른 그의 순수함에 녹아들었다. 행복공장의 명상 프로그램 진행자로 내려갈 때마다 우린 함께 강가를 걷고 뒷산을 오르며 죽마고우들과도 나누기 어려운 삶과 죽음에 대한 속마음을 나눴다.

해피와 토리의 목줄을 하나씩 잡고 가면서 용석이는 자신에게 주어진 삶이 얼마 남지 않았다는 것을 직감한 자만이 낼 수 있는 용기로 속내를 풀어냈다. 산책길을 걸을 때마다, 혹은 홍천읍이나 양덕원의 버스 정류장이나 용문의 기차역까지 마중 나오거나 배웅해주면서도 암과 죽음, 아내와 아들, 행복공장에 대해 그가 했던 진솔하고 아름다운 이야기들이 기억력 나쁜 내게서 흔적 없이 사라지지 않고, 이렇게 부부에 의해 글로 남겨졌다는 것이 얼마나 다행이고, 큰 축복인지 모른다.

용석이는 기질적으로 남을 모질게 족쳐서, 없는 죄를 만들고 감옥에 보낼 사람이 못 됐다. 그런 그였으니 검사 노릇을 하면서 얼마나 부대꼈을까. 담배 연기 속으로 그는 고운 심성을 감추고 싶었는지 모른다. 만약 그가 사회복지사나 학교 선생님이 됐더라면 마음과 몸이 덜 부대끼지 않았을까 하는 생각이 들 만큼 그는 고운 사람이었다.

어렵게 공부해 사법고시에 합격하고, 검사가 되고, 변호사가 되고, 행복공장까지 세워 소년 같은 꿈을 꾸는 순간, 마른 하늘에 날벼락 같은 암 선고를 받았을 때 얼마나 억울하고, 얼마나 원망스러웠을까. 암에 대한 분노와 한탄과 자조로 보냈을 법한 10년의 세월을 그는 그렇게 보내지 않았다. 나는 행복공장의 명상프로그램을 통해 자주 삶의 고난과 죽음을 어떻게 받아들일 것인가를 이야기하고, '나찾사'란 치유 프로그램에서는 죽음명상을 이끌기도 한다. 그런데 용석이야말로 10년 동안 '리얼 죽음명상'을 했다. 그는 암과 죽음을 회피하지 않고, 때론 싸우고 좌절하면서도 다시 일어서고, 때론 받아들이기 어려운 상황을 받아들이면서도 고통에만 매몰되지 않았다. 값없이 허비해버릴 시간이 없었던 그였던 만큼 그는 가족을 사랑하고, 행복공장에 온 소년원생과 6호 처분을 받은 아이들, 은둔 청년의 벗이 되어 삶을 즐겼다. 아내 노지향 원장과 아들 예철이와 이별을 감당해야 했음에도 죽음의 가위에만 눌려있지 않고, 그 두려움과 불안, 아픔 속에서도 아낌없이 서로 사랑하고, 행복을 나눴다. 더구나 자신들의 고통에 짓눌려있지 않고, 행복공장에 온 소외된 이들을 온 마음을 다해 사랑하고 돌보는 이 가족의 모습은 슬프고도 아름다웠다.

많은 사람들이 50대에 떠난 용석이의 삶을 비통해하지만, 그는 오히려 비통해하는 우리를 위로하고 사랑하며 이런 뜻밖의 선물을 남겼다. 그리스의 비극이 카타르시스를 선물했듯이 슬픈 동화 같은 용석이와 노지향 원장의 글을 읽다 보면 슬퍼지기보다는 오히려 마음이 환해진다. 이 글을 읽는 모든 사람에게, 해맑은 미소를 보내며 행복을 응원하는 용석이가 느껴진다.

사랑하는 나의 아내

이제는 시간이 얼마 안 남은 것 같아.

마지막 작별인사도 제대로 하지 못할 것 같아서

이렇게 앉은 김에, 밥 먹은 김에….

당신과 함께한 세월, 더할 나위 없이 좋았어.

'늘, 언제나'는 아닐지 몰라도

최고의 사람과 마지막까지 최고의 사랑을 나누며 함께해서.


그래도 욕심내지 않고,

같은 꿈을 꾸면서,

한 길 한 걸음 걸어왔지. 아주 잘!

당신과 나의 발자국이 겹쳐져서

우리의 인생이 되었지.

이제 당신의 남은 인생에는

나의 발자국이 없다고 생각하겠지만,

나는 늘 수호신처럼 당신과 함께하면서,

당신에게 말 건네고,

당신을 보호해주고,

당신을 따뜻하게 감싸줄 거야.


언젠가 한 번은 헤어져야 하는데

지금이 그때인 것 같아.

서로 더 힘들지 않게….


건강관리 잘해서 아프지 않게

예철이랑 건강검진도 꼭 받고

예철이 걱정하지 않게.


마지막까지 당신의 사랑

듬뿍 받고 가는데,

나는 당신에게 무얼 주고 가나?

몸에 묶여 있으니 해 줄 수 있는 게 없어.

당신을 향해 보내는 미소 속에

나의 모든 것을 담아서

당신 다시 만나는 날까지

당신이 늘 행복하기를

당신이 늘 평화롭기를

당신이 늘 자유롭기를 기원드립니다.

내 사랑 노지향

2022. 3.

권용석

남편이 내게 쓴 마지막 편지이다. 고유량 산소호흡기를 달고도 숨쉬기 어려운 상황에서 한 줄 쓰고 숨 고르고, 또 한 줄 쓰고 눈을 감고. 그럼에도 얼굴 한 번 찡그리는 일 없이, 온 마음 다해 썼다. 남편 권용석은 2022년 5월 20일 저세상으로 갔다. 그의 나이 쉰여덟. 결혼해서 35년, 연애 시절을 포함하면 40여 년을 함께했다. 암과의 동거는 10년. 여러 번의 수술과 온갖 치료로 몸은 점점 만신창이가 되어갔지만, 정신은 점점 명료해지고 깊어지는 듯했다. 좋은 사람이었지만 죽음을 바로 옆에 두고 산 10년 세월이 그를 더 빛나게 만든 것 같다. 남편의 마지막은 참 아름다웠다. 양쪽 폐에 물이 차서 숨을 쉴 수 없는 극한의 고통 속에서도 그는 담담하고 편안했다. 뒤에 남을 나와 아들에 대해 안타까움이야 있었지만, 이번 생에 해야 할 모든 숙제를 마친 듯 가벼웠다. 원래도 멋진 사람이었지만 죽음에 가까이 갈수록 더 멋있어졌다. 그의 마지막은 후회도 원망도 미련도 없이 그저 평화로워 보였다. 분명 축하할 마무리였으나 그런 만큼 그의 부재를 감당하기 힘들었다. 그가 사라진 게, 없어진 게 아니라고 믿으면서도 달라진 그의 존재 방식을 받아들이고 이해하는 건 쉽지 않다. 새롭게 함께하는 길을 허우적대며 찾아 나가는 중이다. 그가 남긴 글을 정리해서 펴내는 일. 그 혼자서도 나 혼자서도 할 수 없는 이 일을 그와 함께하려 한다.

나의 남편 권용석은 1963년 태어났고 1988년에 결혼, 10년은 검사로 그 후 15년은 변호사로 살았다. 2009년 사단법인 행복공장을 설립하여 이사장으로 지내다가 2022년 5월 20일에 세상을 떠났다. 이 책에 실린 남편의 글은 그가 가기 4, 5년 전부터 쓴 것들이다. 대부분 정확한 날짜를 알 수 없어 표기하지 못했다.

차례

## 1980년 겨울, 신포시장

신발 사줄 테니 오라고 하셔서,
학교 마치고 신포시장에 갔더니,
빌딩 사이로 골바람이 쌩쌩 귀를 쳐댔다.

밤, 대추 가득 쌓아놓은 가판대 뒤,
호호 불며 국수 드시던 엄마는
날 보고 환히 웃으며 신발을 건넸다.

마주 웃으며, 고맙다 말하려 했는데,
뭔가 뜨거운 것이 내 입을 막아버렸다.
세상에서 제일 무거운 신발을 받아들고,
나는 어른이 되었다.

착한 아들. 1980년 겨울이니 그가 고등학교 3학년 올라가는 겨울이었을 거다. 남편은 고생하신 어머니를 늘 애틋하게 생각했고 알뜰살뜰 챙겼다. 아무리 바빠도 주말엔 찾아뵙고 여행도 많이 모시고 다녔다. 자기 부모님과 장인, 장모 네 분을 모시고 다닌 여행도 여러 차례. 국내는 말할 것도 없고, 금강산, 일본도 갔었다. 드문 아들, 드문 사위였다. 엄마에게만 좋은 아들이 아니라 거의 모든 사람에게 좋은 사람이었다. 나이, 직업, 지위 관계없이 모든 사람에게 다정다감하고 따뜻하고 정성스러웠다.

# 에니어그램 넘버 투

　어릴 때 집에서 구멍가게를 운영할 때, 친구들이 오면 엄마 몰래 빵과 과자를 친구들에게 주었다. 학교 다닐 때는 많은 친구들이 우리 집에 놀러와 자고 가고, 몇 달 동안 숙식을 했던 친구도 있었다. 대학교 때 아르바이트해서 번 돈은 친구들 밥값, 술값으로 대부분 썼고, 검사 시절에도 사람들과 어울리느라 통장은 늘 마이너스였다. 그리고 가까운 사람들과 '사람사랑', '푸른회'라는 단체를 만들어 조손가정 어린이와 보육원생들을 돕는 일을 했다.

　변호사 개업을 하고 나서는 거의 모든 식사 자리와 술자리 비용을 내가 냈고, 경제적 어려움으로 도움을 청하는 친지들과 친구들의 부탁을 매몰차게 거절한 적이 없었다. 그리고 변호사 일을 하면서 번 돈을 가지고 행복공장을 설립하고, 수련원을 지었다.

　그동안 내가 살았던 삶은 에니어그램 2번 유형인 나의 성격에서 비롯된 것 같다. 사람들에게 도움이 되고자 하는 이타

적 품성은 분명 좋은 것이지만, 나의 행동 기저에는, 내가 좋은 사람이라는 것을 인정받고, 사람들로부터 사랑받고 싶은 욕망이 강하게 작용했던 것 같다.

내가 살아온 삶에 대해 크게 후회한 적은 없지만, 다른 사람들을 향한 관심 때문에 나 자신에게 소홀히 하고, 나를 소외시킨 것은 아쉽다. 나를 이해하고, 사랑하려는 노력이 선행되었다면, 다른 사람들에 대한 이해와 사랑도 더욱 깊어졌을 것이다.

# 복숭아

복숭아 한 상자 사서 집에 오다가

한성약국 약사님 두 개,

생선가게 아줌마 두 개,

호떡집 아줌마 한 개,

도너츠 가게 아저씨 두 개,

관리실 경비 아저씨 세 개

여기저기 다 떨구니

두 개 남아서

처와 함께 맛있게 먹었다.

욕심 없는 사람. 자기 것 챙기고 쌓아두지 못하는 사람. 뭐든 나눠주는 사람. 그래서 세상살이가 더 힘들었을지도 모르겠다. 겨울에 등산이라도 갈라치면 남편 배낭은 항상 크고 무거웠다. 집에 있는 장갑이란 장갑, 모자란 모자는 다 넣었다. 일행 중에 안 가지고 온 사람 챙겨준다는 이유에서였다. 그의 컴퓨터엔 선물명단 파일이 따로 있었다. 홍천 수리취떡, 강릉 유과, 홍천 배, 천일화 등. 난 이런 남편을 그다지 너그럽게 받아주지 못했다. 오지랖 넓다고 핀잔주기 일쑤였다. 그런 게 그인데, 이해하고 받아주지 못해 미안하다. '왜 저래?'가 '그렇구나!'가 되는 데에 몇십 년이 걸렸다.

## 담배 이야기

고등학교 3학년 봄 인천 답동성당 독서실 앞에서 처음으로 담배를 피웠습니다. 그날 무엇인가 내 마음을 흔들어 놓았는데, 그것이 저녁노을이었는지, 코끝을 스치던 봄바람이었는지는 지금도 확실치 않습니다. 노점에서 100원 주고 담배 세 개비를 사서 몇 모금을 피우는데 머리가 핑핑 돌고 욕지기가 올라왔습니다. 너무 어지러워 책가방을 싸서 집에 왔습니다. 그때까지만 해도 이렇게 역겨운 담배를 끊지 못해 평생 애먹으리라고는 상상할 수 없었습니다. 학력고사를 마치고 다시 담배를 피웠습니다. 입시에서, 미성년자의 굴레에서 벗어났다는 해방감을 열심히 담배 연기로 뿜어냈습니다.

그렇게 시작한 담배가 평생 나를 괴롭혔습니다. 하루에 한 갑 이상 담배를 피우고, 술을 마실 때는 세 갑 넘게도 피우다 보니 늘 머리가 무겁고, 가래가 끓고, 코가 막혔습니다. 감기도 자주 걸렸는데, 감기 때문에 침을 삼키기 어려울 정도로 목이 아파도 담배를 피워댔습니다. 만일 담배회사 매출에 기여한 사람들에게 표창장을 준다면 제일 먼저 내가 받아야 하지 않을까 생각한 적도 있습니다.

담배 때문에 주변 사람들에게 피해도 많이 주었습니다. 내가 검사를 할 때만 해도 실내에서 담배를 피울 수 있었기 때문에, 겨울철에 꽁꽁 닫혀 있는 검사실 안에서 담배를 피워댔습니다. 내 방 여직원은 당시 한창 연애 중이었는데, 옷에 밴 냄새 때문에 담배 피우는 것으로 남자 친구에게 오해를 받기도 했습니다. 때와 장소를 가리지 않고 담배를 피우다 보니 주위 분들에게 결례할 때가 많았고, 변호사 시절에는 방 안에서 피운 담배 연기가 환기구를 통해 옆에 있는 동료 변호사 방으로 들어가는 바람에 원망을 듣기도 했습니다.

그러다 보니 담배를 끊는 것이 나에게는 평생의 숙제가 되었습니다. 새해를 맞을 때마다 금연을 다짐했고, 새해의 금연 다짐이 무산되고 난 이후에도 거의 매일 아침 자리에서 일어날 때마다 담배를 끊겠다고 다짐했으니, 그동안 얼마나 많이 다짐하고, 얼마나 많이 어겼는지 셀 수조차 없습니다. 나와의 약속은 못 지키더라도, 다른 사람과 약속하면 그나마 지킬 수 있을 것 같아서 숱한 사람들과 금연 약속을 했습니다. 담배를 끊겠다며 여자 친구에게 담배를 주었다가 나중에 돌려받기 위해 애걸복걸하기도 하고, 담배를 구겨서 쓰레기통에 버렸다가 밤늦은 시간에 구겨진 담배를 찾기 위해 쓰레기통을 뒤지기도 했습니다. 검사 시절에는 선배 검사와 함께 담배를 끊겠다는 각서를 써서 교환했다가 며칠 못가 없던 것으로 하기로 하면서 서로 민망해한 적도 있었습니다. 변호사 시절에는 담배 피우는 것을 적발한 직원에게 돈을 주겠다고 약속했다가 너무 많이 적발당해 돈을 감당할 수가 없어서 중단하기도 했습니다.

일상생활을 하면서 담배를 끊는 것이 너무 어려워 담배를 끊겠다는 생각으로 피정의 집이나 절에 들어간 적도 있습니다. 피정의 집이나 절에 가면 담배 생각이 나지 않았고, 그렇게 일주일 가까이 있다 보면, 일상으로 돌아와서도 한동안 담배를 피우지 않을 수 있었습니다. 그렇게 해서 몇 달씩 담배를 피우지 않다가도 한 번씩 스트레스받는 일이 생기거나, 술자리에 가면 담배의 유혹이 올라왔고, 딱 한 대만 피우겠다고 손을 댔다가 몇 달간의 금연 노력이 물거품이 되곤 했습니다. 작은 틈이 큰 둑을 무너뜨리고, 작은 불씨 하나가 온 산을 태우듯이, 잠시 방심하면 과거의 흡연 습관이 되살아나 마치 부모님의 반대 때문에 억지로 헤어졌던 연인이 다시 만나서 이전보다 더 뜨겁게 사랑을 나누듯이, 이전보다 훨씬 더 많이 담배를 피우곤 했습니다.

1년에 대략 500갑 정도를 피워댔으니, 1982년부터 2014년까지 내가 피운 담배의 양은 15,000갑이 넘을 것입니다. 담배는 나에게 안 좋은 것들을 정말 많이 주었습니다. 내가 암에 걸린 가장 큰 원인이 담배가 아닐까 생각합니다. 담배를 시작하지 않았으면 제일 좋았겠지만, 여러 번 담배를 끊을 기회가 있었는데도 30년이 넘도록 계속 담배를 피운 것이 아쉽습니다.

어쩌면 삶이 그렇게 어렵고 복잡한 것이 아닌데, 내가 그렇게 만든 것 같습니다. 해야 할 것과 하지 말아야 할 것을 구별해서 해야 할 것을 하고, 하지 말아야 할 것을 하지 않으면 되는데, 해야 할 것에 대해서는 '해야 하는데' 하면서 하지 않고, 하지 말아야 할 것에 대해서는 '하지 말아야 하는데' 하면서 계속했던 것이 삶을 꼬이게 만들었습니다. '해야 하는데' 하면서 미루어 왔던 일들이 지금 내가 할 일이고, '하지 말아야 하는데' 하면서 계속했던 일들이 지금 내가 그만두어야 할 일입니다. 남은 삶 동안이라도 쉽게, 단순하게 살겠습니다.

남편은 담배를 정말 많이 피웠고 끊으려는 시도도 정말 많이 했다. 본인이 제일 힘들었겠지만, 옆에 있는 사람도 힘든 점이 많았다. 예전엔 집에서도 피워서 일단 냄새로 온 식구가 힘들었다. 또 담배를 끊으면 처음 1주일 이상은 무척 예민해지는데, 그 많던 금연시도가 모두 1주일 이상은 지속되었으니 남편의 금연 스트레스는 고스란히 나와 아들 차지였다. 오죽하면 "담배 끊지 마" 했을까. 담배로 남편은 여기저기서 구박을 참 많이 받았겠다.

# 독방 수감을 꿈꾸다

약 20년 전 가족들과 떨어져 제주에서 검사 생활을 했습니다. 공안, 기획 업무를 전담하며 매월 300건 정도의 형사 사건을 처리하다 보니 자정 너머 일하거나, 주말 근무를 하는 경우가 잦았습니다. 줄담배를 피우고, 저녁에는 의례 반주 삼아 소주를 마셨습니다. 여느 날처럼 일하다가 자정 너머 퇴근해 잠을 자는데 갑자기 배가 아프기 시작했습니다. 통증 때문에 뜬눈으로 밤을 새웠습니다. '이대로 죽는 것은 아닌가'라는 생각이 들면서, 그동안 무엇을 위해, 무엇을 하며 살았는지 스스로에게 묻게 되었습니다. 제대로 놀아보지도, 의미 있는 일을 해보지도 못했습니다. 이대로 가기에는 억울하기도 하고, 겁도 나고, 미련도 남았습니다.

아침 일찍 병원에 가서 출혈성 위궤양 진단과 함께 봉투 가득 약을 받아서 사무실에 출근했습니다. 사무실 창문 너머에는 한창 검찰청 신축공사가 진행 중이었는데, 창문 사이로 공사장에서 삽질하고 있는 한 청년의 모습이 보였습니다. 구릿빛 피부와 딱 벌어진 어깨를 가진 그 청년은 해가 지면 삽자루를 내려놓고, 퇴근하는 길에 친구를 만나 막걸리 한 사발을 주고받을지도 모릅니다. 갑자기 젊은 친구가 부러워졌습니다.

　나는 검사라는 직업을 그만두지 못한 채 꾸역꾸역 일하면서 몸도 마음도 지쳐가고 있었습니다. 멈추고 싶다는 마음은 있었지만, 언제 어디서 어떻게 멈춰야 할지 알지 못했습니다. 어느 날 제주교도소장으로 와 있던 동향 선배님께 전화를 걸었습니다. "소장님. 혹시 제가 일주일 동안만이라도 교도소 독방에 가 있을 수 있을까요?" 상처받거나 지친 동물이 아무도 없는 굴속에 들어가 혼자 있다가 회복되어 나오는 것처럼 나 또한 독방에 들어가 혼자 있으면 몸과 마음이 회복될 것 같았습니다. 그리고 내가 지금 어디쯤 와있고, 어디를 향해 가고 있는지, 그리고 내가 가야 할 곳이 어디인지, 이 모든 것들이 분명해질 것 같았습니다. 교도소장님으로부터 "검사님이 오시는 것은 대환영이지만, 법무부에 보고는 해야겠지요"라는 답이 돌아왔습니다.

업무가 밀려있는 상태에서 일주일을 비운다는 것이 사실상 불가능하기도 했지만, 법무부에 보고되어 자칫 이상한 검사로 오해받지나 않을까 하는 생각이 들어 독방 수감의 꿈은 바로 접었습니다. 대신 나처럼 몸과 마음이 지쳐서 쉼이 필요하거나, 가던 길을 멈추고 잠시 뒤를 돌아보고 싶은 사람들을 위해 언젠가는 누구든지 제 발로 들어갈 수 있는 독방을 만들겠다는 생각을 하게 되었습니다.

남편은 결혼 당시 백수였었고 결혼 1년 만에 사법고시 통과, 그 후 10년 검사 생활, 15년을 변호사로 살았다. 검사, 변호사의 삶은 몹시 버거워 보였다. 사람에, 일에 늘 마음을 다했던 그의 성격 탓이었을까. 자신이 맡은 사건에 감정적으로 깊이 연루되어 일을 처리했으니 더욱 힘들었을 것이다. 늘 다른 일을 하고 싶어 했다. 평생소원이던 새로운 일, '행복공장'을 시작했다. 그러다 발견된 암. 첫 진단 당시 이미 위중한 상태라고 했다.

## 암과의 동거

30대 10년을 검사로 보내고, 마흔이 되어 변호사 일을 시작했습니다. 늦어도 쉰 살까지만 변호사 일을 하고, 쉰 살이 되면 그때부터 내가 꿈꾸던 일을 하며 살겠다고 생각했습니다. 그리고 예순 살 이후에도 이 세상에 남아 있으면 덤처럼 여기며 자유롭게 살기로 마음먹었습니다. 검사 시절 미국에 1년간 유학 가 있을 때, 주역 공부를 했다는 한 유학생으로부터 내 사주에 관해 이야기를 들었습니다. 자세한 내용은 기억나지 않지만, 50대 초반까지는 괜찮다가 중반부터 뭔가가 좋지 않고, 예순 이후는 잘 모르겠다는 취지였습니다. 그 말을 듣고 난 이후 왠지 내 인생에 60대가 없을 것 같았고, 그래서 내가 하고 싶은 일이나 해야 할 일은 60살 이전에 마쳐야 한다는 생각을 하게 되었습니다.

나는 10년 동안 검사 생활을 하면서 몸도 마음도 지쳐서 2002년에 사표를 내고 변호사 생활을 시작했습니다. 그러나 변호사의 삶도 여유롭지는 않아 야근하는 날도 많았고, 저녁

술자리도 많았습니다. 바쁜 만큼 돈도 많이 벌어 여기저기 헤프게 쓰기도 했습니다. 거의 모든 식사 자리와 술자리의 계산을 도맡아 했고, 경제적으로 어려움을 겪는 친지들이나 친구들에게 도움을 주기도 했습니다. 어쩌면 변호사로 생활했던 10여 년은 전생과 현생에 진 빚을 갚는 시기였던 것 같습니다. 돈이 가져다주는 행복을 잠시 맛보기도 했지만, 나를 돌보지 못한 채 정신없이 살다 보니 검사 때보다 더 탈진하게 되었습니다.

변호사 생활을 하면서 행복공장이라는 비영리 사단법인을 만들었고, 2012년에는 교도소 독방 형태의 독특한 수련원 설계도 마쳤습니다. 2013년부터는 변호사 일을 그만두고 몸과 마음을 추스르면서 행복공장 일에 전념하기로 마음먹고, 내가 속해 있던 법인의 대표 변호사님에게도 뜻을 전했습니다. 그러나 대표 변호사님이 일단 한 해 동안만 쉬어보고 퇴사 여부는 그 후에 결정하는 것이 어떻겠냐며 사직을 만류하여 일단

2013년 한 해 동안 휴직하기로 했습니다. 그 사이에 수련원을 짓고, 다람살라와 플럼 빌리지, 미얀마에 있는 수행센터들을 찾아 수행하고, 안데스와 킬리만자로, 히말라야와 알프스 등지를 방랑자처럼 떠돌아다니리라 마음먹었습니다. 그렇게 맞이한 2013년 초에 우연히 후배가 하는 병원에 갔다가 갑상샘암 진단을 받았습니다. 갑상샘암 중에서도 예후가 좋지 않아, 재발과 전이가 잘 되고 생존율도 현격히 떨어진다는 저분화암의 일종이었고, 종양이 이미 많이 커져 있는 데다가 임파선과 종격동에 전이가 되어 수술이 만만치 않고 수술이 잘 되더라도 앞으로의 치료가 쉽지 않다는 말을 들었습니다.

　20년 동안 검사로서, 변호사로서 숨 가쁘게 살다가 드디어 1년 동안 쉬면서 꿈꾸던 일들을 해보려 했는데, 뜬금없이 갑상샘암 진단을 받게 되니 무척 당혹스러웠습니다. 휴직과 동시에 암을 진단받게 되면서 하루에도 수십 번씩 울려대던 휴대폰의 벨 소리는 잦아들었고, 빡빡하게 채워져 있던 일정표도 비워져 갔습니다.

수술을 잘 받을 수 있는 몸을 만들고, 마음을 추스르기 위해 집 근처 관악산을 걸었습니다. 2, 3월의 산길은 얼기와 녹기를 반복했고, 봄은 꽃들과 함께 더디게 왔습니다. 그동안 생각해 본 적이 없었던 죽음이 구체적인 가능성으로 다가왔습니다. 왜 그리 걱정하고 안달하며 살았을까? 무엇이 그리 대단하다고 집착하며 놓지 못했을까? 뭐가 그렇게 못마땅해서 미워했을까? 나 자신이 바보처럼 느껴졌습니다. 만일 시간이 좀 더 주어진다면 훨씬 기쁘고 생생하게 살 수 있을 것 같았습니다.

복도 천장 형광등 불빛을 바라보며 수술실로 향하는 침대 위에서 "이 세상에 태어나 죄만 잔뜩 짓고 정작 해야 할 일은 하나도 못 했습니다. 삶이 무엇인지, 죽음이 무엇인지도 모릅니다. 제게 10년만 더 주신다면, 그때는 군소리하지 않고 기꺼이 따라갈 테니, 이번에는 데려가지 말아 주세요"라며 마음속으로 기도를 올렸습니다.

수술은 잘 끝났고, 몇 달 지나 건강도 많이 회복되었습니다. 수술 전부터 다니던 관악산을 수술 이후에도 계속 다니다 보니, 관악산에 봄이 어떻게 오고 가는지 알게 되었습니다. 개나리가 피고, 산수유가 피고, 진달래꽃이 피고, 철쭉꽃이 피고, 때죽꽃이 피고, 아카시아꽃이 피고. 마치 릴레이 하듯이 이 꽃이 지면, 저 꽃이 피고, 저 꽃이 지면, 또 다른 꽃이 피었습니다. 크기도 모양도 빛깔도 각양각색인 꽃들이 이렇게 봄마다 피고 진다는 것을 오십 년을 살면서도 알지 못했습니다.

행복공장의 후원회원이 많지 않아 재정 상황이 늘 불안정하기 때문에 2014년에 법무법인에 복귀해 변호사 일을 다시 시작했습니다. 또다시 과로하고 술 마시는 일이 많아졌고, 3개월에 한 번 진료받는 날에는, 공부하지 않은 채 시험을 본 수험생이 결과 발표를 기다리는 것처럼 초조한 마음으로 의사의 입을 바라보고는 했습니다. 첫 수술을 하고 나서도 그동안 세 번 더 수술을 받았고, 지금도 목 주변과 폐 쪽에서 암이 자라고 있습니다.

죽음의 신이 멀지 않은 곳에서 저를 지켜보고 있는 것 같은데, 아직 통증이 없고, 부작용도 그리 심하지 않아 실감이 나지 않습니다. 스스로를 괴롭혔던 크고 작은 바람과 기대를 모두 내려놓으려 합니다. 사소한 것들에 대해 걱정하고, 별거 아닌 일로 사람들을 미워하는데 남은 시간을 허비하지 않으려고 합니다. 시험을 앞둔 학생처럼 이따금 초조함이 밀려오지만, 공부한 것 이상의 성적을 받겠다고 욕심내지만 않는다면 초조할 일도 없을 것입니다. 암세포들아! 지금부터 내가 잘할 테니 우리 그냥 같이 살면 안 될까? 그렇게 되면 좋겠습니다.

## 행복공장

행복공장을 왜 하냐구요?

제가 행복하지 않아서.

행복해 보이는 사람이 별로 없어서.

다들 수심이 가득해 보여서.

행복하지 않은 내가

너를 물들일 것 같아서.

행복하지 않은 너에게

내가 물들 것 같아서.

행복으로 물들이는

너와 내가 되고 싶어서.

그래서 오늘도

행복공장을 합니다.

검사 시절 꾸었던 독방 수감의 꿈이 '행복공장'으로 결실을 맺었다. 죽음을 바로 옆에 두고 한편으로는 자신을 벼리고 다른 한 편으론 행복공장에 몰두했다. '성찰과 나눔으로 여는 행복한 세상'을 모토로 하는 행복공장 일이라는 게 사람들을 이해시키기도 동참시키기도 무척 어려웠다. 남편만큼 순수한 열정으로 사심 없이 이런 일을 할 수 있는 사람이 얼마나 있을까? 행복공장만 두고 봐도 그가 이렇게 일찍 간 것이 참 아깝고 안타깝다.

## 참 어려운 일, 부탁

살면서 남에게 부탁했던 경험이 별로 많지 않습니다. 적어도 행복공장을 운영하기 전까지는. 2002년에 검사를 그만두고 변호사 개업을 했습니다. 그리고 2009년에 '성찰과 나눔을 통해 우리 사는 세상을 보다 행복한 곳으로 만들자'라는 취지로 행복공장이라는 사단법인을 만들었습니다. 2012년에는 오랫동안 꿈꾸어 왔던 독방 형태의 수련원을 짓기로 하고 설계 의뢰를 했습니다. 이 세상에 없던 새로운 시설을 만드는 것이라, 아이디어를 모으기 위해 설계 회의도 여러 차례하고, 교도소에 시설 답사도 다녔습니다.

처음에는 변호사 일로 돈을 벌어 수련원을 지으려고 했는데, 여러 해 동안 변호사 일을 해도 충분한 돈이 모이지 않아, 부족한 돈은 기부금으로 충당하기로 했습니다. 저녁에 술을 마시다 보면 기부받는 일이 너무 쉽게 여겨졌는데, 아침이 되면 부탁할 일이 막막하게 느껴졌습니다. 기부를 부탁하기 위해 사람을 만나러 갔다가 다른 이야기만 한참 하다가 돌아오는 경우도 많았습니다.

그래도 참 많은 사람들이 건축비를 후원해주었습니다. 큰 매형은 내가 어떤 취지로 독방 형태의 수련원을 만들려고 하는지 잘 알면서도, 약 40년 전 민청학련 사건으로 수감생활을 했던 기억 때문인지 나의 계획에 대해 썩 내켜 하지 않았습니다. 그래도 꽤 큰돈을 기부해주었습니다. 그리고 행복공장을 함께 만든 황선기 변호사는 "엄마는 땅 판 돈을 교회 건물 짓는데 몽땅 바치고, 아들은 선배 잘못 만나 감옥 짓는데 돈 갖다 바친다"고 투덜대면서도 역시 큰돈을 기부했습니다. 친구 권기열도 큰돈을 선뜻 보냈습니다. 인천에서 검사 생활할 때 만들었던 '사람사랑'이라는 친목 모임 통장과 대학교 친구들 친목 모임인 '동물농장' 통장에 들어있던 돈도 기부금이 되고 말았습니다.

수련원을 짓기 위해선 20억 원에 가까운 돈이 필요했는데, 몇 달 동안 애를 써도 5억 원 이상이 부족했습니다. 집을 담보로 대출을 받아야 하나 고민하던 차에 암을 진단받고 수술을 했습니다. 수술 보험금을 타게 되어 이것과 장모님께서 기부해 주신 돈으로 어렵게 수련원을 지었습니다.

'잠시 멈추고, 쉬면서 나를 돌아보는 공간'으로서의 '독방'이라는 것이 내 생각과는 달리 사람들의 마음에 쉽게 다가가지 않았던 것 같습니다. 그럼에도 많은 분들이 나를 믿고 후원해 준 것이 정말 고맙습니다. 그러나 후원해준 분들에 대한 고마움이 컸던 만큼, 꽤 가깝다고 생각했던 사람들로부터 거절당했을 때의 섭섭함도 컸습니다. '우리 사회를 위해 내가 가진 모든 것을 바쳐서 행복공장을 운영하고 있는데 어떻게 내 부탁을 거절할 수 있을까? 입장이 바뀌었다면 나는 거절하지 않았을 텐데' 하는 생각이 들면서 몇몇 사람들과 관계가 소원해졌습니다. 사실은 각자 입장에 따라 나의 부탁에 대해 거절한 것뿐인데, 마치 나 자신이 내쳐진 것처럼 느껴지면서 섭섭하기도 하고 원망스럽기도 했습니다. 돌이켜 생각하면 당시 내가 많이 편협했고 독선적이었다는 생각이 듭니다.

행복공장을 시작한 이후부터 "행복공장을 후원해주세요. 프로그램에 와주세요"라고 부탁해야 할 때가 많아 힘이 듭니다. 2019년은 행복공장이 설립된 지 만 10년이 되는 해인데, 지금까지도 행복공장의 재정은 빠듯하기만 합니다. 해마다 연말 무렵이면 행복공장의 통장 잔고가 바닥을 향해 가는데, 그럴 때면 몇몇 가까운 사람들이 몇천만 원씩 추가로 기부를 해줍니다. "행복공장에 기부할 때 우리 사회에 대한 빚을 조금이나마 갚는 것 같은 기분이 들어서 좋다"고 말하며 돈을 보내주는 사람들이 고맙기도 하지만, 몇몇 사람들에게 큰 부담을 지우는 것 같아 미안하기도 합니다. 행복공장을 후원하는 분들이 많아지고, 행복공장 프로그램이 잘 알려져서 내가 여기저기 부탁하지 않더라도 행복공장이 잘 운영될 수 있는 날이 빨리 오면 좋겠습니다. 그때까지는 또다시 많은 분들에게 이런저런 부탁을 하고, 그 과정에서 거절도 많이 당하겠지만, 내 마음에는 섭섭함보다 고마움만 간직할 수 있도록 노력하겠습니다.

남편은 부탁하는 걸 참 어려워했다. 줄 것만 있고 받을 것은 없는 것처럼. 나이가 들면서 이것도 교만이라고 생각하고 고쳐보려 했지만, 뜻대로 되지 않았다. 남편은 늘 주는 사람이었다. 자신에게 도움 청하는 사람을 외면한 적이 없는 것 같다. 가기 직전까지도. 남편의 사촌 누님 한 분이 그의 죽음을 애통해하며 이렇게 말했다. "내가 제일 힘들 때 도와준 건 용석이 하나였어." 남편이 자랑스럽다. 살았을 때 더 자랑스러워하지 못해 미안하다. 지금 아는 걸 좀 더 일찍 알았더라면….

# 이쁜 선기

네 번째 수술 날 받아놓고
혼자 산길 걷는데,
선기한테 전화가 왔다.

형. 뭐해? *산길 걸어*
오래전에 빌려주고 포기했던 돈이 있었는데
오늘 받았어. *그런데?*
혹시 필요하지 않을까 해서…
형한테 보내줄까? 아니면 행복공장에? 행복공장!

계속 산길을 걷는데,
그냥 웃음이 나온다.
이쁜 선기야!

이런 많은 선기들 덕분에 2009년 행복공장을 시작할 수 있었고 홍천에 수련원을 짓고 지금까지 15년 가까이 큰 탈 없이 운영하고 있다고 할 수 있다. 남편과 나의 가족, 친구, 가까운 분들이 행복공장에 물심양면 많은 도움을 주셨다. 다른 데에 그만큼 기부를 했으면 '아너스클럽' 뭐 이런데에 이름이 올라가고 신문에 나도 여러 번 났을 분들도 여럿이다. 사람들은 우리 내외가 대단하다고 하는데 나는 제대로 알아주지도 않는 일에, 행복공장에 10년 넘게 한결같이 후원하고 계신 후원자분들이 대단하다고 진심으로 생각한다. 남편도 같은 생각이었다. 남이 알아주기 바라고 하는 건 아니겠지만 제대로 알리지 못한 것에 우린 늘 미안했다. 여전히 행복공장 운영이 쉽지 않지만 걱정하지 않으려 한다. 든든한 '선기'들과 함께 길을 찾아 나갈 수 있을 것 같다.

# 혹덩이

캐비닛 가득 찬 사건 기록
밤새 쓰던 변론요지서
꽁초 가득 찬 재떨이
희미한 불빛과 여인의 향기, 그리고 폭탄주
들끓고, 시렸던 시간들

이제 다 가버리고
턱 밑에 단단한 혹덩이 하나
추억처럼 남아
있다.

행복공장 시작하고 얼마 안 되어 암 진단을 받았다. 갑상샘 암 중에서 5퍼센트 정도 되는 아주 고약한 암이라 했다. 남편 은 진단받았을 때부터 담담했다. 상당히 예후가 안 좋은 암이 라는데 아무렇지도 않을 수는 없었겠지만 슬퍼하거나 분노하 지 않았다. 평소와 다름없이 호탕하게 웃었다. 그 좋던 웃음을 더 이상 볼 수 없고, 들을 수 없다.

## 외출

침대 바퀴 구르는 소리

획획 지나가는 불빛

드르륵 열리는 문

젖은 눈의 응시


텐텐

환영하듯 두 팔 벌린 시침과 분침

성함이요? 주민등록번호는요?

페이드 아웃

개에게도 불성이 있는가?

무~~~


목소리 들려요?

흰 가운들이 춤추고,

드르륵 열리는 문

안도의 미소

저녁 9시

배고파

암과 10여 년 함께하면서 남편은 수술 5번에 방사선 치료, 항암치료, 그 외에도 여러 치료를 받았다. 수술대에 오를 때마다 어땠을까. 제일 가까이에서 늘 함께하면서 다 보고 느끼고 안다고 했지만 얼마나 내가 알았을까. 어떤 치료를 받든 남편은 늘 훌훌 털고 일어나 일상에 복귀했다. 하지만 얼마나 힘들었을까.

남편은 뭐든 맛있게 잘 먹는 사람이었다. 편식 심하고 먹는 양이 적은 난, 가리는 것 없이 잘 먹는 그가 부러웠다. 식사 때면 나의 분량을 덜어가 먹으며 "우린 이런 것까지 잘 맞는단 말야. 난 1.5인분, 당신은 0.5인분!" 했다. 큰 수술을 마치고 나와서도 밥 한 그릇 뚝딱하고는 이런 상황에서 잘 먹는 게 겸연쩍다는 웃음을 씩 웃었다.

그는 늘 씩씩했고, 늘 괜찮다 했다. 형도 하나밖에 없는 동생이 그렇게 안 좋은지 몰랐다고 했다. 그가 가고 나서 형은 땅을 치고 울었다.

## 해방

귀밑까지 자란 암 덩어리
어떻게 좀 해달라고 병원 갔더니,

대정맥은 잘라야 하고,
뇌졸중이 올 수도 있어요.
목숨도 위험할 수 있는데,
그래도 할래요?

방사선 치료로 전신에 퍼져 있는 암 덩어리
한 번에 없애주는 의사가 일본에 있다고 해서
어렵사리 특별비자 받아놓고, 다시 물어보니

그놈 완전히 미친놈이야. 돈독 오른 나쁜 새끼
거기 갔다가 망한 사람 한둘 아니니 꿈도 꾸지 말아요.
야단만 되게 맞았다.

그러면 양성자 치료나 토모테라피는 조금 안전하다던데,
어떤가요?

누가 그래? 양성자나 토모는 후유증 없나?

병원 쇼핑 그만하고, 이제 받아들여요. (뭘요?)


웃음만 나오는데,

이제 병원 그만 와도 된다는 거지?

불안한 눈으로 의사 입술 바라보는 일 더 안 해도 된다는
거지?

이제 병원에서 해방이다.

이때 병원에서 해방되지 못했다. 이로부터 한참 뒤에야 해방되었다. 어느 의사는 수술 못 한다고 하고 어느 의사는 수술 안 하면 안 된다고 하고. 어느 의사는 방사선 치료도 할 수 없다고 하고 어느 의사는 지금 당장 안 하면 위험하다고 하고···. 어느 장단에 춤을 춰야 하나. 한 군데 더 의견 들어보려 간 병원. 의사 선생님은 단호했다. 단호한 건 좋은데 좀 찬찬히 친절히 알려주면 안 되나? 야단부터 친다. 한심하다는 눈빛. 몸에 밴 고압적 태도. 10년 병원에서 하자는 대로, 의사 말대로 그대로 따라 했는데···, 뭘 그렇게 잘못했다고. 의사님들! 의술 이전에 인간에 대한 예의를 갖추시길!! 10년 경험한 대형 병원엔 인술은커녕 의술도 만나기 어려웠고 상술만 있었다.

# 대추

봄이 와도 죽은 듯 있더니,
남들 꽃 다 피고 질 무렵에야,
슬금슬금 잎을 내민다.

꽃은 또 왜 이리 볼품없이 작냐고
나무랐더니,
제사상에 대장 되어
제일 먼저 오른다.

잦은 병원 출입도 도도한 의사도 우리의 일상을 그닥 흔들진 못했다. 정기검사하러 병원 갈 때마다 시험 치고 성적표 받는 학생 심정으로 가슴 졸이곤 했지만, 평균 1년마다 한 번씩 수술대에 오르긴 했지만, 여러 가지 치료로 인한 부작용으로 걷기가 불편하고 먹기가 불편하고 그런 적이 많았지만 크게 영향받지 않고 우리의 일상을 기껍게 감사하는 마음으로 살았다. 부부 사이도 점점 좋아졌다. 모든 부부가 그렇듯이 30년 넘는 결혼생활에 갈등도 많았고 이혼 위기도 수차례 있었더랬는데 모든 게 다 괜찮아졌다. 마지막 5년은 종일 붙어 지냈음에도 불편함이 전혀 없었다. 이렇게 좋은 사람이 이렇게 일찍 간 것에 가슴이 아프지만, 사랑이 뭔지 우리가 살면서 할 일이 뭔지 알게 되었다. "그저 사랑할 뿐." 흔하게 들었던 말. 내가 경험하지 않았더라면 공감하지 못했을 말. 병이 준 선물이었다.

남편이 가기 전 3년 정도는 홍천 행복공장에 주로 머물렀다. 수련원 뺑 둘러 산이고, 앞엔 내가 흐르고 풍성한 자연 속에서 그야말로 충만하게 보냈다. 하늘과 땅이 눈에 들어오고 봄 햇살이 느껴지고 대추나무며 나팔꽃, 벼 이삭이 보였다. 매 순간 잘 머물게 된 것 같다.

## 모두 한때

꽃도 한때
잎도 한때
사람도 한때

피고 지고
피고 지고
피고 지고

## 나팔꽃

논둑 여기저기
뿜뿜 피어나
조용히 웃는 너.
고개 숙인
내 입가에도
환한 웃음 피어난다.

윙윙 예초기
목 베인 채
여전히 웃고 있는 너
나는 웃을 수 없었다.

Zolo Palugyay, <Spring flowers>, 1930

# 봄 햇살

봄 햇살이여

언 땅 녹이듯

내 맘 녹여주렴.

벌, 나비 날아들도록 꽃 피우게.


언젠가 나도

언 가슴 녹여주는

봄 햇살이

되고 싶다.

사랑에 젖어 봐


저녁 바다 물들이며
해가 말한다.


바람을 간지럽히며
나뭇잎이 말한다.


풀숲에 숨어
나팔꽃이 말한다.


'사랑에 젖어 봐'

## 이 가을에

사과, 배, 감, 대추
다 익어가는데,

반백 년 넘게 산 사람아
네 안엔 무엇이 익어가는가?
이 가을에

## 벼 잎이 벼이삭에게

이 가을에,
내가 말라, 너 살찌고,
네가 시들어, 너 여문다.
종점에서 정점의 너를 본다.
난 너로 인해 자랑스럽다.

한 줄기 바람에
지상 마지막 춤을…
함께했던 시간들이 참 좋았어!

남편은 책임감 강하고 맡은 일에 최선을 다하고, 사람에 정성을 다하는 사람이었다. 늘 자신과 주변 사람들과 세상이 진정으로 행복하기를 바랐다. 그렇게 되는데 보탬이 되고자 했다. 병은 그가 이것에 더 집중하도록 한 것 같다. 자신의 행복과 성장, 다른 사람의 행복과 성장에 대한 관심. 행복공장에 오는 사람들과 만날 때도 이것이 밑바탕이었다. 청소년, 청년, 소년원생, 은둔 청년, 장애인 누구든. 그는 잘살기 위해 참 애썼다.

# 세상에서 가장 큰 죄

서울**중고등학교는 비행을 저지른 청소년들이 수용되어 있는 특수한 학교입니다. 행복공장은 2014년부터 서울**중고 등학교 학생들을 대상으로 연극 프로그램을 진행하고 있습니다. 한 학기 동안 학생들에게 연극 수업을 하고, 수업 때 나온 학생들의 이야기로 연극을 만들어 공연하는데, 공연 대본은 공연일 일주일 전쯤에나 만들어집니다. 한두 번 정도밖에 연습하지 못한 학생들은 극도로 긴장한 상태에서 무대에 오르지만, 공연은 늘 박수와 환호 속에서 막을 내립니다. 손가락질받는 데 익숙해져 있던 학생들이 무대 위에서 스포트라이트를 받고 관객들로부터 환호와 박수를 받는 것은 앞으로의 삶에서 잊기 힘든 경험이 될 것입니다.

서울**중고등학교에는 한부모 가정이나 조부모 가정에서 자란 청소년들이 많은 편입니다. 사랑이나 관심을 받기보다는 학대와 방치의 경험이 더 많고, 자신들을 인정하고 지지해주는 건강한 성인들과 접촉한 경험은 별로 없습니다. 비슷한 처지에 있는 아이들과 어울리면서 비행의 습벽이 몸에 배고 잘못된 가치관이 형성되어 있는 경우가 많습니다.

9호 처분을 받은 학생들은 4개월 이상, 10호 처분을 받은 학생들은 1년 이상 이곳에서 생활하다가 집으로 돌아갑니다. 학생들은 다시는 비행을 저지르지 않고 잘 살겠다고 다짐하지만, 다짐이 지켜질지는 스스로도 자신 없어 합니다. 이청준의 소설 『잔인한 도시』에는 새에 관한 이야기가 나옵니다. 사람들이 새 장수로부터 새들을 사서 방생을 해 줍니다. 그러나 그 새들은 이미 새 장수에 의해 날개깃을 잘렸기 때문에 멀리 가지 못하고 공원 숲에 있다가, 새 장수에게 다시 붙잡힙니다. 소년원을 나선 지 얼마 되지 않아 다시 소년원으로 돌아오는 학생들을 보면 날개깃이 잘린 새가 떠오릅니다. 연극 공연을 마치면 연극반 학생들과 작별을 해야 하는데, 이때 학생들에게 무슨 말을 해야 할지 늘 고민이 됩니다. 또래 친구들과 마찬가지로 이곳 학생들 역시 좋은 사람이 되길 원하지만, 스스로 준비가 되어있지 않고, 주변 환경도 녹록지 않기 때문입니다.

'내가 나 자신을 스스로 업신여긴 후에 남이 나를 업신여긴다(人必自侮然後 人侮之)'라고 하는 맹자에 나오는 글귀를 소개하면서, 세상에서 가장 큰 죄가 무엇인지 학생들에게 묻고, 다음과 같은 말을 합니다.

"세상에서 가장 큰 죄는 무엇인가? 살인, 강간, 강도보다 더 큰 죄가 있다. 그것은 자신에게 함부로 하는 것이다. 자신에게 함부로 하는 것이 왜 세상에서 가장 큰 죄인가? 자신에게 함부로 하는 사람은 자신이 얼마나 귀한지를 모르고, 자신이 얼마나 귀한지 모르는 사람은 남이 얼마나 귀한지도 모르기 때문에 자신뿐만 아니라 남에게도 함부로 하게 된다. 여러분이 이곳에 온 이유는 여러분 자신이 얼마나 귀한지 알지 못해서 자신에게 함부로 했기 때문이다. 여러분을 가둔 것은 경찰이나 판사, 검사가 아니라 여러분 자신이다. 이 세상에서 가장 소중한 나에게 함부로 하지 말라. 나를 아끼고 사랑하고, 가장 좋은 것을 나에게 주라. 여러분은 당당하고 정의로운 사람이 되고 싶을 것이다. 구속보다는 자유를, 불행보다는 행복을 원할 것이다. 그렇다면 정의의 길을, 자유의 길을, 행복의 길을 가라. 막강한 권력을 가진 전직 대통령을 비롯한 수많은 고위 공직자들과 엄청난 돈을 가진 재벌들이 다른 길을 걷다가 수감되거나 불행한 시간을 보내고 있다. 자신에게 함부로 하면서 남이 나를 존중해주기를 바라는 것은 욕심이다. 자신이 얼마나 소중한지를 알지 못하여 자신에게 함부로 하는 것으로부터 모든 죄가 시작된다."

제 말이 학생들의 마음에 닿아서 학생들이 자신을 소중히 생각할 수 있게 되면 좋겠습니다.

남편은 내가 하는 연극 프로그램, 공연을 좋아했는데 그 중 소년원 아이들과 하는 걸 무척 좋아했다. 연극 공연엔 빠짐없이 왔었고 수업에도 자주 참여했다. 아이들은 전직 검사인 남편을 신기해했다. 내가 소년원에서 만난 아이들 대부분은 검사를 싫어했는데 그 '검사'가 옆집 아저씨처럼 먹을 것 양손에 들고 와서 같이 웃고 박수 쳐주고 했으니 신기해할만 했다. 남편의 말은 아이들 마음에 가닿았을 거다. 믿을 만한 어른의 말이었기에.

# 외로운 친구

좁은 창 틈새로
기웃기웃
문 손잡이 앞에서
쭈뼛쭈뼛
창 열고 바깥 바라봐
문 열고 세상 만나봐
외로운 친구야

## 거지

바라는 게 많으면 거지 되는 거지.

거지 되기 싫은데,

바람은 왜 자꾸 커가는 건지?

희번덕희번덕

거지 되고 싶은 사람 왜 이리 많은지.

꼭대기 올라가도 거지.

높은데 오를수록 거지 중에 상거지.

## 죄인

포승줄 묶여 허이허이 가는 사람 보면서
'이런 나쁜 놈' 하고 돌멩이 들었다가,
그가 하는 말 가만히 듣고
슬며시 돌멩이 내려놓는다.

## 돌팔매질

세 살 난 아이 혼자 두고 이사 가버린 20대 엄마
갓 태어난 아이를 4층 빌라 밖으로 던진 20대 엄마
동거남의 아들을 가방 속에 가둔 채 누른 40대 여자
아이들은 모두 사망했다.

사형시켜!
다들 정의로운 양
자신들은 이 일에 아무런 책임이 없는 양
돌팔매질이 시작된다.

이렇게 하면 우리 할 일 다 하는 걸까?
사형시키면, 다시는 이런 일이 안 일어날까?
이들에게도 분명 이유가 있을 텐데.
이유를 찾으려는 사람 없이
돌팔매질만 해댑니다.

돌팔매질이 답이 아니라면,
아이들을 보호하기 위해
무엇을 해야 할까?


죄 없는 자여, 돌을 던져라.

## 선택

'원수가 있는 한 하느님의 나라 없다'는데,
오늘 또 저만치 멀어졌네.

부처님, 예수님처럼 남 섬기랬더니,
부처님, 예수님처럼 나 섬겨주기 바라니,
날마다 느끼는 건 원망과 미움뿐.

사랑하는 사람이 먼저 꽃 피고,
미워하는 사람이 먼저 시드나니,
먼저 필 것인가? 먼저 시들 것인가?
그대여, 선택하라. 지금!

# 내 탓할 때 길이 열린다

뭔가 불만족스럽고, 불행하다고 느껴질 때, 그에 대한 원인을 다른 사람이나 환경에서 찾는 사람은 앞으로도 불만족스럽거나 불행한 삶을 살기 쉽다. 다른 사람이나 주변 환경은 나의 권한과 영역 밖에 있어 내가 바꿀 수 있는 여지가 별로 없기 때문이다. 불만족과 불행의 원인을 자신에게서 찾는 사람은 만족스럽고 행복한 삶을 살 가능성이 크다. 마음먹고 노력하면 나 자신은 바꿀 수 있기 때문이다. 그러므로 뭔가 잘못되었다고 생각하면, 남에게서 원인을 찾지 말고 나에게서 찾아라. 남 탓하지 말고 내 탓할 때 길이 열린다.

## 나 자신을 밝혀라

사람들은 다른 사람들로부터 관심의 대상이 되거나 스포트라이트를 받고 싶어 한다. 그러나 관심과 스포트라이트의 대상은 계속 바뀐다. 내가 어찌할 수 없는 것에 대해 연연하다 보면 우울해진다. 남이 나를 밝혀주기 바라지 말고, 내가 내 자신을 밝힌다면 나는 언제나 빛나는 존재가 되고 세상마저 밝혀준다. 스스로 빛을 발하는 사람에게는 스포트라이트나 세간의 관심이 필요 없다.

## 마음을 넓게

살림살이가 많으면 큰 집도 좁아지고, 살림살이가 적으면 작은 집도 부족하지 않다. 마음에 불필요한 짐들이 많으면 답답해지고, 불필요한 짐들이 적으면 평화로워진다. 짐을 줄여서 넓게 넓게 살자.

## 지혜와 노력

우리가 엉뚱한 곳에서 헤매는 이유, 제자리걸음을 하면서 좀처럼 앞으로 나가지 못하는 이유는 무지와 게으름 때문이다. 누구나 행복을 원하지만, 행복의 원인을 알고, 행복의 원인을 만들어가는 사람은 드물다. 누구나 보다 나은 사람으로 성장하기를 원하지만, 성장의 방법을 알고, 성장하기 위해 노력하는 사람은 드물다. 바로 볼 줄 아는 지혜와 올바른 노력이 이어질 때 우리가 원하는 삶을 살 수 있다. 머리에서 출발하여 가슴을 거쳐 발까지 가는 여정이 짧기도 하고, 길기도 하다. 하루에 올바른 생각을 하나 해서 하루 종일 실천한다면 어떨까?

# 우산이 있어 비를 맞지 못합니다

요즘은 일기 예보가 발달하여 미리미리 우산을 준비해서 다니고, 또 갑자기 비가 오더라도 가까운 편의점에서 언제든지 우산을 살 수 있기 때문에 비 맞고 다닐 일이 거의 없습니다. 그렇지만 내가 어릴 때는 갑자기 비가 오면 꼼짝없이 맞을 수밖에 없었습니다. 추운 날씨에 비까지 흠뻑 맞고 오돌오돌 떨면서 걸어갈 때, 우산이 얼마나 간절하게 느껴졌는지 모릅니다. 그렇지만 더운 여름날에는 비를 맞는 것이 시원하기도 하고 통쾌하기도 해서 우산이 별로 아쉽지 않을 때도 있습니다.

우리는 모든 것이 갖추어져 있어야만 행복하다고 생각하고, 부족하거나 불편한 것은 잘 참지 못하고 고통스러워합니다. 그러나 부족함이 없으면 고마움을 느끼기 어렵습니다. 마치 배부른 사람이 음식에 대한 고마움을 느끼지 못하듯이. 그리고 우산 없이 빗속을 걷는 것처럼 무엇인가 없음으로 인해 더 좋은 경험을 할 수도 있습니다.

남편과 연애할 때 일부러 비 맞곤 했던 기억이 떠오른다. 둘은 통하는 게 많았다. 뭐든 쉽게 의기투합했다. 그런데 결혼해서 보니 그렇지가 않았다. '어쩜 저래!'가 점점 늘었다. 갈등도 많아지고 미움도 생기고 했다. 돌이켜 생각하면 우리 둘은 비슷한 점이 많았고 참 잘 맞았는데, 살면서 서로 다른 2퍼센트가 100퍼센트인 듯 느껴졌던 것 같다. 다행히 점점 서로를 온전히 보고, 온전하게 받아들일 수 있게 되었고 그것은 상당 부분, 병 '덕분'이라고 할 수 있다.

남편이 좋아해서 둘이 자주 불렀던 노래다.


내가 만일 구름이라면 그댈 위해 비가 되겠어.

더운 여름날에 소나기처럼 나 시원하게 내리고 싶어.

# 감사

매일매일은 섭섭하고 화나는 일투성이지만, 인생 전체를 돌아보면 고마운 마음이 많이 듭니다. 무력한 존재로 태어난 '나'를 세상은 지금까지 길러주었습니다. 내가 애쓴 것보다 훨씬 더 많은 것을 주었습니다. 전쟁과 폭력, 자연재해와 사고, 질병과 굶주림 등으로 고통 겪는 사람들을 생각하면, 한평생 배곯지 않고 자유를 누리며 살아온 것이나, 병원 신세 거의 지지 않고, 남들로부터 손가락질받지 않고 살아온 것도 고마운 일입니다.

쉰 초반에 암에 걸렸지만, 좋은 의사들로부터 치료받으며 7년 넘도록 이렇게 살아 있는 것도 고맙습니다. 항암제 부작용으로 고생도 하고, 1년에 한 번꼴로 수술대에 오르는 일이 두렵기도 하지만, 그로 인해 평범하게 살아가는 하루하루가 얼마나 귀한지 알게 된 것도 고맙습니다. 아침에 일어나 똥 누고, 세수하고, 밥 먹고, 책 읽고, 산책하고, 일하고, 사람들 만나고, 술 마시고, 가족과 이야기 나누고, 씻고, 잠드는 하루하루가 끝없이 이어지는 것이 아니라는 것, 우리가 누리는 일상이 누군가에게는 꿈같고 기적 같은 일이라는 것을 알게 된 것도 좋습니다.

2013년부터 지금까지 다섯 번의 수술을 받았습니다. 수술실에 들어갈 때마다 세상에 다시 돌아오지 못할지도 모른다는 생각을 매번 하게 됩니다. 수술받는 순간 내 생명은 온전히 의사에게 맡겨집니다. 사실 우리는 매순간 우리 생명을 타인에게 맡기고 있습니다. 우리가 거주하는 건물이 부실공사로 인해 갑자기 무너진다면, 내가 타고 있는 버스나 택시의 기사가, 혹은 반대차로 운전자가 졸음운전을 하다가 반대 차로로 넘어가거나, 넘어온다면 우리의 삶은 한순간에 끝이 날 수 있습니다. 우리가 지금 이렇게 살아있는 것은 주변 사람들의 선의 덕분입니다.

어느 날 친구와 관악산 등산을 가면서 막걸리와 데친 오징어를 샀습니다. 오징어 한 마리 값이 오천 원이었는데, 그 돈으로 오징어 한 마리를 살 수 있다는 사실이 순간 고맙게 느껴졌습니다. 조금만 생각하면 감사할 거리들이 참 많습니다. 그러나 우리는 감사할 것들은 깨닫지 못하고, 소소한 불만거리들만 찾아내서 스스로를 괴롭힙니다.

우리 사는 세상이 불합리해 보이고, 사람들은 너나없이 모자라 보일 때가 있습니다. 세상에 대해, 사람들에 대해 욕을 하고, 스스로를 나무라기도 합니다. 그러나 모자란 사람들이 서로의 모자람을 채우며, 전체로서의 완전함을 향해 나아가는 것, 그리고 그 과정에서 희로애락을 겪으며 영적인 성장을 이루라는 것이 신의 뜻일지 모릅니다. 어쩌면 우리 사는 세상이 불합리하고 불완전하기 때문에 덜 따분하고, 무엇인가 하고 싶은 마음도 생기는 것 같습니다. 내가 세상으로부터 이미 받았고, 지금도 받고 있는 수많은 것들을 떠올리다 보면, 저절로 미소 짓게 되고, 나도 세상을 위해 무엇인가 해야겠다는 생각이 듭니다. 오늘 하루도 나에게 수없이 많은 고마운 일들이 있었습니다. 나와 네가 살아 숨 쉬는 오늘이 참 좋습니다.

# 계산

사람들은 저마다 계산을 합니다. 저마다 셈법이 다르기 때문에 서로의 계산은 어긋나기 쉽습니다. 자신의 셈법에 따라 계산하다 보면 자신의 몫은 늘 부족하게 느껴집니다. "이것은 내 몫으로 과분합니다. 나는 이 정도만으로 충분합니다" 이렇게 말하는 사람은 좀처럼 보기 힘들고, 대부분의 사람들은 "내가 얼마나 노력했는데, 내 몫이 고작 이거야"라고 불평을 늘어놓습니다.

그러나 지혜로운 사람은, 자신이 이 세상에 태어나 얼마나 많은 것을 받았고, 지금 이 순간에도 받고 있는지 잘 알기 때문에, 또한 이 세상에 진정 내 것이라고 할 수 있는 것이 없다는 것도 잘 알기 때문에, 내 몫에 대해 계산하지 않습니다. 하나를 받아도 좋고, 둘을 받아도 고마울 뿐입니다. 지혜로운 사람은 손해 볼 일도, 원망할 일도 없습니다.

## 뉴스와 댓글을 보며

언제부터인가 뉴스를 보거나 뉴스에 달린 댓글을 보는 것이 불편해졌습니다. 이 세상에 선과 악, 선한 사람과 악한 사람이 물과 기름처럼 극명히 나뉘어 있고, 이 세상이 사람이 아니라 천사와 악마가 사는 곳처럼 느껴지기 때문입니다.

뉴스나 댓글을 보면서 '나는 천사인가, 악마인가? 선한 사람인가, 악한 사람인가?' 스스로에게 묻게 됩니다. 돌팔매질 당하는 사람에게 내 모습이 보이기 때문인지 돌팔매질이 가혹하게 느껴지고, 환호받는 사람에게서 내 모습이 보이기 때문인지, 환호가 부담스럽게 느껴집니다. 많은 사람들이 나를 두고 '사재를 털어서 비영리 사단법인을 운영하며 좋은 일을 많이 하는 착한 사람'이라고 칭찬할 수 있지만, 사실 내가 살아오면서 했던 수많은 생각과 말과 행동이 모두 드러난다면, 아마도 나는 이 땅에서 고개 들고 살지 못할 것 같습니다. 누구에게나 빛과 어둠이 공존하는데, 우리는 한쪽 면만 보면서 욕하고 박수 치고 있는 것은 아닐까요?

빛을 사랑하는 것은 좋지만, 빛 속에 숨어 있는 어둠과 빛
이 만들어내는 그림자도 충분히 경계했으면 좋겠습니다. 어둠
에 대해 비난할 때는 그 어둠이 나에게는 없는지 먼저 살펴보
고, 어둠에 대한 비난이 도를 넘어서 존재에 대한 부정으로 이
어지지 않았으면 좋겠습니다.

## 변화

세상도, 사람도, 일도 뜻대로 되지 않고, 나 역시도 뜻대로 사는 게 어렵습니다. 뜻대로 살지 못하는 내가 실망스럽고, 뜻대로 되지 않는 세상이 답답합니다. 자신과 불화하고, 세상과 다투고, 모든 것이 불만족스럽습니다. 삶이 불만족스러우면 자신뿐만 아니라 남들까지 괴롭히고 불행하게 만들기 때문에, 불만족스럽게 사는 것은 자신과 타인에게 죄를 짓는 것일 수 있습니다.

삶이 불만족스러우면 원인을 생각하고, 변화를 위해 결단하고 노력해야 합니다. 그렇지 않으면 불만족스러운 삶이 어제에서 오늘로, 오늘에서 내일로 이어지고, 어떠한 변화도 생기지 않습니다.

들꽃은 뜨거운 햇볕과 모진 비바람을 품어서 꽃을 피우고 열매를 맺습니다. 이제 세상에 대한 불만이나 의존하는 마음을 내려놓고 내 꽃을 피우기 위해 집중하려고 합니다. 사람으로 태어나 가장 슬픈 일은 내 꽃을 피우지 못한 채 세상을 떠나는 것입니다.

# 변화의 기쁨

봄 산을 아름답게 물들였던 진달래꽃들이 뚝뚝 떨어집니다. 일찍 지는 꽃도, 늦게 지는 꽃도 있지만, 먼저 진다고 슬퍼하거나 억울해하는 꽃은 없습니다. 가을에 나뭇잎들이 떨어집니다. 푸른 세월을 지나며 빛이 바래고, 벌레가 먹어 구멍 뚫린 나뭇잎들이 마지막 비행을 합니다. 할 일을 마친 이의 여유롭고 당당한 비행이 보기 좋습니다.

우리는 피는 꽃을 보며 기뻐하고, 지는 꽃을 보며 애달파합니다. 젊음이 유지되기를 바라고, 늙고 병들고 죽는 것을 두려워합니다. 그러나 우리의 바람과는 달리 세상은 끝없는 생멸과 변화의 연속입니다. 우리의 바람처럼 이 세상에 생멸과 변화가 없다면 우리는 매일 똑같은 사람을 만나고, 똑같은 장면을 보고, 똑같은 노래를 듣게 될 것입니다. 진달래꽃은 모두 져버리고 어디를 가나 장미꽃만 피어 있는 세상, 어린이는 어린이로, 젊은이는 젊은이로, 늙은이는 늙은이로, 환자는 환자로, 재소자는 재소자로, 슬픈 사람은 슬픈 채로, 기쁜 사람은 기쁜

채로, 고통스러운 사람은 고통스러운 채로 똑같은 일상을 살아가야 하는 세상.

세상이 고정되어 있지 않고 바뀐다는 것이 다행스럽고 얼마나 기쁜지 모릅니다. 변화하는 것이 자연의 이치라면, 모든 변화를 기쁘게 맞이하겠습니다. 사랑하는 사람과의 이별과 죽음조차도.

## 웃는 연습

나이가 들면서 몸도 경직되고, 표정도 딱딱해집니다. 사람들을 만나면 밝게 웃다가도 혼자 있으면 좀처럼 웃지 않고 심각한 얼굴이 됩니다. '이래야 했는데, 저래야 했는데, 이러면 어쩌지, 저러면 어쩌지…' 많은 날들을 후회와 걱정 속에서 사느라 언제부터인가 웃는 것을 잊어버린 것 같습니다. 많은 사람들이 나와 비슷할 거라는 생각이 듭니다.

이제부터 나에게 웃는 연습을 합니다. 좋은 일이 있거나 무엇을 잘해서가 아니라, 한심해도 웃고 그냥도 웃습니다. 걱정, 후회, 조바심으로 힘들어하는 나를 보며 웃고, 걱정, 후회, 조바심을 향해서도 웃습니다. 웃다 보면 객관적이 되고 좀 더 여유를 가지고 상황을 지켜볼 수 있습니다. 매사가 긍정적으로 변화하고 부정적인 감정들도 조금씩 약해집니다.

이제는 남에게 웃는 연습을 합니다. 조금 못나 보이고 못마땅한 사람에게 더 많이 웃습니다. 못난 구석이 조금씩 있어야 사람이지, 다 잘나면 그게 어디 사람인가요? 나도 내 맘에 들지 않는데, 어떻게 남이 내 맘에 들 수 있나요? 이래도 웃고, 저래도 웃습니다.

웃다 보면 가야 할 길이 환하게 드러납니다. '얼마나 자주 웃냐'에 따라 내가 나의 친구가 될 수도 있고 적이 될 수도 있습니다. 나 자신의 행복과 성장을 위해 자주 웃으려고 합니다.

많은 사람들이 권용석 하면 활짝 웃는 모습이 떠오른다고 한다. 참 잘 웃는 사람이었고 환하게 빛나는 사람이었다. 하지만 그와 함께 한 40년 중 다투고 찡그리고 한 적도 많았다. 사랑만 하기에도, 서로에게 미소만 보내기에도 짧은 인생인 것을.

# 죽음에 대한 단상

요즘 100세 시대라는 말을 많이 합니다. 실제로 장례식장에 가보면 아흔이 넘은 고인을 종종 보게 되고, 80대에 고인이 된 분에게는 아깝다고 말하기도 합니다. 생명공학과 의학의 발달로 사람의 수명은 점점 더 늘어나고, 그러다 보니 부유한 사람은 부유한 사람대로, 가난한 사람은 가난한 사람대로 노년에 대한 준비로 분주합니다.

2004년에 불교 성지 순례차 인도에 갔습니다. 하루는 사탑을 찾았는데, 수많은 개미들이 사탑 주변을 분주히 오가고 있었습니다. 예불을 위해 자리를 펴는 순간, 수많은 개미들이 목숨을 잃었습니다. 그 무렵 인도 남부를 덮친 쓰나미로 16,000여 명이 죽었습니다. 개미도, 사람도 이렇게 한순간에 죽으리라 예상하지 못하였을 것입니다.

인간은 하늘에서 내려온 산소호흡기를 코에 꽂고 살아가는 존재라고 합니다. 하늘이 몇 분만 호흡기를 거두어버리면 너나 할 것 없이 죽을 수밖에 없는 것이 인간입니다. '삶'이라는 놀이에 빠져 집에 돌아갈 시간을 잊어버린 아이처럼 우리는 죽음을 잊고 삽니다. 마지막까지 욕심부리다가 추한 모습으로 죽음을 맞거나, 게으름 부리다가 아쉬움 속에서 죽음을 맞습니다. 놓아버릴 것들은 미리 놓아버리고, 해야 할 것들은 미루지 않고 해버리면, 삶은 자유롭고, 죽음은 편안할 것입니다.

미얀마의 올랑 사키아 부족은 나이를 거꾸로 센다고 합니다. 태어나면 60살이고 한 해 지날 때마다 나이가 줄어들어 60년이 지나면 0살이 되고, 만일 그때까지 살아 있으면 10살을 덤으로 받아서 다시 한 살씩 나이가 줄어듭니다. 올랑 사키아 부족은 0살에 가까워질수록 자신의 삶을 잘 마무리하기 위하여 노력합니다. 인도에서는 50살을 '산을 바라보는 나이'라는 의미로 '바나프라스'라고 합니다. 사람들은 50살이 되면 세속의 의무를 마치고 숲으로 들어가 명상과 기도를 하며 삶의 의미를 찾습니다. 60살에 가까워지고 있는 내가 지금 해야 할 일은 무엇이고, 내게 중요한 것은 무엇인지 다시 한번 생각을 해

봅니다.

아버지가 돌아가신 후, 엄마를 모시고 봄에는 꽃구경, 가을에는 단풍 구경을 갔습니다. 건강이 좋지 않은 엄마와 나들이할 때면 엄마와 맞이할 수 있는 봄과 가을이 몇 번이나 남았을지 생각하곤 하였습니다. 어머니가 돌아가실 무렵 나는 갑상샘암 판정을 받았고, 지금까지 다섯 차례 수술을 받았습니다. 이제는 한 계절을 보낼 때마다 내가 맞이하는 마지막 계절일지 모른다는 생각이 들어 더 잘 보내고, 마무리도 잘하려고 합니다.

우리는 다시 돌아오지 않을 한 때를 살고, 다시 만날 수 없는 사람을 만나며 삽니다. 갑자기 건강이 악화되거나 갑작스러운 죽음에 맞닥쳐 급해지지 않고 후회하지 않으려면 지금 이 순간을 잘 살아야 합니다. 미련 남기지 않고 잘 살아야만 잘 죽을 수 있습니다. "인생의 유일한 의무는 행복해지는 것이다. 인간은 행복해지기 위해 태어났다"라고 헤르만 헤세는 말했습니다. 남은 시간 동안 인생의 유일한 의무를 다하기 위해 노력하겠습니다. 어릴 적에 소중히 여겼던 구슬이나 딱지처럼 지금 내가 욕심내고 집착하는 것들도 죽음 앞에서는 모두 허망한 것들입니다. 사랑하며 살기에도 부족한 날들을 미움과 원망 속에서 보내는 것은 어리석은 짓입니다. 나의 인생에 내일이 없을지 모르니, 하루하루 잘살겠습니다. 미루지 말고, 맺힌 것들은 그때그때 풀겠습니다.

## 황혼에 바쁜 나그네

나는 참 열심히 살았습니다. 공부도, 일도 열심히 했고, 사람들에게도 정성스러웠습니다. 그 덕분에 좋은 대학에 가고 사법시험에 합격해서 검사가 되고 변호사가 되고, 주변 사람들로부터 좋은 평가도 받았습니다.

돌이켜보면 남을 위한 일이나 남이 시킨 일은 정말 열심히 했습니다. 그러나 정작 나 자신을 위한 일이나 내가 하고 싶은 일은 소홀했습니다. 다른 사람들이 하는 말은 열심히 들으면서 내 목소리는 귀 기울여 듣지 않았고, 남들에게는 정성을 다하면서 나 자신에게는 정성스럽지 못했습니다. 남들로부터는 인정받으려 애쓸 뿐, 나 자신으로부터 인정받기 위한 노력은 하지 않았습니다.

악기를 연주하거나 춤 잘 추는 사람이 부러웠습니다. 외국인들과 편하게 이야기할 수 있을 정도로 외국어 실력을 갖추고 싶었고, 세계 이곳저곳을 여행하며 사진을 찍고 글도 쓰고 싶었습니다. 또 다양한 책들을 읽고 열심히 수행해서 좀 더 지혜

롭고 자비로운 사람이 되고 싶었고, 사람들의 아픔을 덜어주고 싶었습니다. 수십 년 동안 바라던 크고 작은 꿈들을 무엇 하나 이루지 못해, 여전히 꿈으로 남아있습니다.

나는 그 많은 시간을 돈을 벌고, 돈을 쓰는 데 허비했습니다. 남들 살아가는 모습 구경하다가 내 삶이 떠내려가는 것을 알지 못했습니다. 수많은 바람과 후회, 걱정과 두려움 속에서 많은 시간을 보내고 생생하게 산 시간은 얼마 되지 않습니다. 이제 시간은 바닥을 향해 가고 있습니다.

게으른 나그네는 황혼에 바쁘다는데 내가 그 꼴입니다. 날은 저무는데 가야 할 길은 아직 많이 남아 있습니다. 일모도원(日暮途遠). 이제 남은 시간 동안이라도 내가 진정으로 하고 싶은 것을 하고, 내가 가진 가장 좋은 것을 세상에 주기 위해 노력하겠습니다. 나의 꿈을 무덤까지 끌고 가지 않도록 더 이상 게으름을 피우지 않겠습니다. "나는 아무것도 바라지 않는다. 나는 아무것도 두려워하지 않는다. 나는 자유다." 니코스 카잔

차키스의 묘비명처럼 아무런 바람도 집착도 두려움도 없는 오늘을 살겠습니다.

## 무명의 삶

힘센 사람들 줄줄이 감옥에 가고,
잘난 사람들 고개가 푹푹 꺾인다.


큰 인물 되라고 했더니 욕심만 커져
권력과 재물 좇는 불나방 되어
저도, 세상도 태운다.


일찍이 내 모습 알아
이름 내려놓고 세상에 매이지 않으니
무명의 삶 정말 좋아라.

남편은 그랬다. 이름 내려놓고 세상 것에 매이지 않았다. '내 꽃 피우는' 일에 충실하고자 했다. 웬만하면 마다하지 않고 하려 했고 뭐든 미루지 않고 그때 하려고 했다. 죽음을 늘 의식하며 살아야 했던 상황에서 확실한 건 지금밖에 없음을 잘 알고 있었기 때문이었다.

# 내일 말고 오! 늘!

내일은

내 게으른 영혼의 도피처

내 비루한 마음의 가림막


오! 감탄하면서

늘! 감사하면서

깊이

기쁘게

오늘 숨쉰다


가벼워진 몸

날개 돋는 영혼

자유롭게

펄럭펄럭

오! 깊이…

늘! 기쁘게…

## 꽃 지기 전에

"곧 보자" 했던 이의
'부고' 문자 받아들고
하늘을 본다.

보고 싶으면
정말 보고 싶으면
지금 보자.
꽃 지기 전에

Achille Laugé, <Amandiers en fleur dans un jardin>, 1897

침묵


몸이 말하고
삶이 말하니
입 열어
말할 거 없어라.

남편은 나는 누구인지, 어떻게 살아야 할지, 근본적인 질문에 천착했다. 수행자의 삶을 살고자 했고 그렇게 살았다. 몸은 점점 힘들어져 갔으나, 생각이 깊어지고 마음은 점점 편안해져 갔다.

## 졸작

패이고 주름진 중늙은이 하나
거울 속에서 날 보며 히죽 웃는다.

예순 세월 동안 만든 게 고작 이거
이 엉터리 돌쟁이야!

당신 덕분에 · 1


당신 **덕분에**
당신 덕분에
당신 덕분에


당신 때문에
당신 때문에
당신 **때문에**

우리는 생의 많은 시간을 감사보다는 남 탓하며 보내는 것 같다. 우리 부부라고 뭐가 달랐을까. 살면서 '덕분에'는 점점 줄고 '너 때문이야'가 커졌다. 내가 선택한 사람이고 변함없는 그 사람인데도. 암과 함께하면서 점점 탓은 줄고 감사함이 늘어갔다. 역시 같은 사람인데… 긴 시간을 허비했지만 뒤늦게나마 '당신 덕분이야'로 살게 되어 참 다행이다.

# 당신 덕분에 · 2

당신 덕분에

당신 덕분에

당신 **덕분에**

내가 이렇게 산다.


당신 때문에

당신 때문에

당신 **때문에**

내가 이만큼 커졌다.

## 사랑

웃음이 사랑이다.

눈물이 사랑이다.

애달픔이 사랑이다.

쓸쓸함이 사랑이다.

불구하고가 사랑이다.

거짓말이 사랑이다.

발길을 돌리는 게 사랑이다.

그러다가 뒤돌아보는 게 사랑이다.

# 가난한 마음에 복이

사랑을 모르는 자
사랑이란 이름으로 스스로 가두고
자유를 모르는 자
자유라는 이름으로 삶을 낭비하네.

좇으면 달아나고,
멈추면 돌아오니
복은 가난한 마음에.

# 나

나는 밥이다.

나는 햇빛이다.

나는 바람이다.

나는 구름이다.

나는 내가 아니다.

내가 아닌 것이 나다.

## 날마다 좋은 날

나를 향해 웃고
정성껏 사람 대하고
마음 다해 일하면
날마다 좋은 날.

수행자로 깨어나
수행자로 살다가
수행자로 잠들면
날마다 더더 좋은 날.

## 바람이 불어

혼자 동산에 올라
나무 밑에 앉았는데,

바람 불어와
머리카락 헝클어놓고
그저 지나가네.

바람 없는 사람
바람 되어 함께 날아가는데,
날개도 없이 잘도 날아가네.

언젠가 남편이, 살면서 제일 행복했던 순간을 이야기했던 게 생각난다. 우리 아들이 서너 살 즈음이었던 듯싶다. 인천에 살던 때였는데 세 식구가 차로 송도에 가는 중이었다. 아들이 멀미해서 중간에 내려 쉬었다. 인천대학 잔디밭에 앉았는데 따스한 햇살, 머리 날리는 바람, 하늘에 떠 있는 비행기, 비행기를 가리키는 아들의 손가락. 세 식구가 앉아 있는 풍경. 그대로 완벽하다 느껴져서 무척 행복했었단다. 남편은 참 욕심이 없었다. 함께 밥 먹고, 함께 걷고, 함께 웃을 수 있다면… 세 식구가 함께했던 일상이 그립다.

## 생각만 해도

닳고 닳아서

깎이고 깎여서

작아지고 작아져서

아무것도 아닌 사람이 되어

이래도 허, 저래도 허,

생각만 해도 허,

참 좋다.

남편은 원래도 겸손하고 자신을 드러내지 않는 사람이었는데 병과 함께 하면서 더욱 자신을 낮추게 된 것 같다. 긴 병으로 몸은 꺾이고 깎이고 쪼그라들었다. 하지만 동시에 '나'라는 거적때기가 점점 떨어져 나가, 몸은 작아졌으나 정신은 점점 커졌다. 이래도 저래도 다 좋다 했다.

인생 별거 없으니

괜찮아.
다행이야.
어떻게 되겠지.
네가 있어 참 좋다.
고마워.
요즘 내가 혼자서
중얼대는 말.


인생 별거 없으니
걱정할 것도,
찡그릴 일도.


태초의 설렘과
마지막 날의 평화가
공존하는 오늘

으하하하….

# 나는 태양입니다

나는 태양입니다.

때론 구름에 가려

보이지 않을지라도

기억해 주세요.

구름 너머

웃고 있는 나를

걱정할 일 없어요.

찡그리지 말아요.

아낌없이 나를 태워

빛으로, 온기로 찾아갈 테니

환히 웃음 짓는 지금

서로가 태양입니다.

## 아침에

또 아침인데

또 처가 부엌에서 물을 끓이는데

또 아들이 부시시 방에서 나오는데

또 해피는 그림처럼 앉아 있는데

또 토리는 일없이 짖는데

참 좋은데…

참 좋다!

남편과 나는 행복공장이 있는 홍천과 서울집에 절반씩 머물다가 코로나로 아예 거처를 홍천으로 옮기게 되었다. 상추 심고 따먹고 하는 정도에서 옥수수, 감자, 고구마 등을 심고 수확하고 참외, 수박이 커가는 걸 아이처럼 지켜보는 즐거움까지 호사를 누렸다. 홍천 살이의 또 다른 기쁨 하나는 해피, 토리와 지내는 일이었다. 유기견 한 마리를 입양하기로 하고 잔뜩 기대에 부풀어 있었는데 동물보호단체 관계자 왈, "그곳 수련원은 사람들이 조용히 쉬러 오는 곳인데 개가 짖으면 방해될 텐데요… 안 되겠어요." 그래서 수련원에서 개와 지내는 건 안 되는구나 했다. 그런데 곧 다시 연락이 왔다. "안 짖는 강아지가 있어요." 그게 해피였다. 진돗개 믹스견인데 정말 안 짖는다. 짖을 수 있는데도. 해피가 혼자 너무 외로워 보여서 한 마리 더 입양한 게 토리. 행복공장의 영어 이름인 '해피토리'를 나누어 이름했다.

# 해피

태어나 2년 동안 파주 뜬장에서 살다가,
어찌어찌 홍천까지 왔는데,

어벙한 게 주인이라고, "앉아" "손" 하는데,
난 그런 거 못 하지.

먹을 거 가져오면 꼬리 한 번 흔들어 줄까?
얼굴 한 번 핥아주면 더 맛있는 거 주려나?
아작아작 고구마 씹어 먹었더니 환장하고,
산책길에 똥 싸고 뒷발질 몇 번 해주었더니
"우리 해피 발레 하네." 자지러진다.

조석 공양과 산책 다 좋지만,
들쥐, 너구리, 고라니 있는
저 산, 저 들에서 살고 싶어라.

남편은 해피랑 토리를 무척 좋아했는데 해피가 조금 더 좋다고 했다. 이 고백은 늘 아들 이야기로 연결되었다. 자기가 편애하는 경향이 있는데 우리 자식이 하나라서 다행이라 했다. 더 있었더라면 누구 하나에게는 상처가 됐을 거라나. 그래도 딸이 없어 서운했을 거다.

홍천 살이 중 매일 오전 오후로 해피랑 토리랑 수련원 앞 논둑길을 산책하는 기쁨 못지않은 우리만의 즐거운 놀이가 있었다. 두 사람이 하는 고스톱, 맞고!

# 고스톱

저녁마다 벌어지는 7전 4선승 코시 고스톱

하루 일과를 마무리하는 우리만의 축제

그러나 승부의 세계는 냉정해서

팽팽한 긴장감이 맴도는데


오랜만에 조커 두 장 들어오면, 하나 가져가고,

"야. 상식적으로 생각해봐라. 누구라도 이때 똥 쌍피를 내겠냐?

잘못 보고 낸 거니까 물려줘." 툭하면 떼쓰고,

"에이 쫀쫀하게. 날 거 없으니까 그냥 고 해." 스톱의 자유를 빼앗고,

모처럼 대박 날 것 같아 고고! 외치면 확 판을 엎어서 김 새게 하고.


꼭 그래서는 아니지만

고스톱판 승자는 대개 아내 차지

"오, 예" 하늘 향해 두 팔 뻗으며 우승 세레모니를 한다.

그래. 준우승이 어디여. 나도 따라 "오, 예"

뺄도 없는 놈.

남편이 고스톱을 좋아해서 남편 좋으라고 시작한 걸로 되어있지만 나도 좋아하는 놀이였다. 예닐곱 살 때부터 아버지로부터 전수받아 갈고닦은 실력을 발휘하는 시간이었다. 매일 저녁 식사 후 프로야구 코리안시리즈(코시)처럼 7전 4선승제로 했는데 돈이 걸려있지 않아도 벌칙 없이도 그냥 하는 것만으로도 무척 즐거웠다. 무엇을 해도 안 해도 좋았던 시간들, 그립고 감사하다.

# 인정욕구

괜찮아?

*아니, 좋아!*

정말?

*그럼 정말이지!*


마누라가

점점 더

엄마 같고

선생님 같아져

맨날 물어보면,

늘 비슷한 답

"좋아, 멋있어, 최고야"


아! 모지란 놈의 끝없는 인정욕구

하면서도,

스스스스

기 사는 소리.

남편과의 관계는 점점 좋아졌다. 더할 나위 없이. 남편은 점점 더 멋있어졌다. 최고였다. 일할 때도 손발이 척척 맞았다. 눈빛만 봐도 알 수 있었고 안 봐도 알았다. 뭘 해도 안 해도 좋았다. 암과 함께하는 게 절대 호락호락하지는 않았지만 이만하면 괜찮다 싶었다. 집착도 기대도 다 내려놓고 그분께 다 맡긴다고 하면서도 '이대로만 이대로만' 기도했다.

재작년 2022년 12월 24일. 호흡곤란으로 구급차를 타고 응급실에 갔다. 위급한 상황이었다.

## 사랑하는 지향

지금은 2022년 1월 2일 새벽 5시 반. 밤에 갈증에 시달려 찬물 마시다가 간호사에게 부탁해서 수액 포승줄 하나 풀고 당신에게 글을 써. 당신이 가고 나서 흉수가 엄청 빠져나와 밤에 두 번 배액통을 갈고 막아놓은 상태. 6시부터 다시 열거래. 마시는 물은 배출되지 않고 몸 안에 그대로 쌓여 새벽 몸무게가 68킬로를 넘어버렸어.

이제 진짜 얼마 안 남은 것 같아. 당신이랑 여기까지 걸어오는 동안, 힘들 때도 있었지만, 시작도 좋고 끝도 좋으니 당신과 함께 한 시간이 내게 과분한 축복처럼 느껴져. 내가 좀 더 괜찮은 사람이 되었더라면, 당신과 예철과 나를 위해서라도 더 좋았을 텐데. 그 점은 많이 아쉽고 미안해.

세상에서 가장 멋있고, 사랑스럽고, 존경하는 지향. 내가 얼마나 좋은 일 많이 했기에 하느님이 당신을 내게 주셨을까? 당신과 좀 더 오래 있고 싶은데 그것은 안 되나 봐. 슬프다!

아직 죽음이 실감나지는 않는데, 한발 한발 죽음에 다가가는 것이 느껴져. 죽음이 뭐지? 평생 궁금하기도 하고 두렵기도 했는데 얼마 안 있으면 알 수 있겠지. '소멸의 기쁨'. 갑자기 이런 말이 떠오르며 웃음이 나와. 평생 버리지 못해 움켜쥐고 있었던 모자란 것들이 불 속에서 활활 타버려 흔적 없이 사라져 버리면, 통쾌할 것 같다. 저 쓰레기들을 어찌 평생 붙들고 살았나 눈물지을지도 모르지.

여보! 행복하게, 건강관리 잘하면서, 아프지 말고, 오래오래 잘 살기를 바랍니다. 앞으로는 당신이 직접 하기 보다 예철이를 비롯해서 제자들을 키워, 제자들이 끌고 나갈 수 있게. 그것을 가장 큰 숙제로 삼아서, 당신이 좋아하는 일, 당신밖에 할 수 없는 귀한 일 오래오래 하면 좋겠다.

난 당신이 평생 자랑스러웠어. 내가 당신의 남편이고, 당신이 나의 아내라는 것이 기적 같아. 사랑해.

2022. 1. 2.

## 형제들에게

누나, 매형, 형, 형수!

저 이제 가요.

그동안 형제들로부터 참 많은 사랑을 받은 것 같아요.

많이 부족한데도 늘 믿고 지지해주셔서 고맙습니다.

2022. 1.

남편은 이제 끝이라고 생각했던 것 같다. 12월 말에 입원해서 40여 일을 병원에 있었다. 최장 입원이었다. 무척 힘든 상황이었다. 호흡곤란이 심했고 기침으로 잠을 잘 수 없었다. 무엇보다 폐에 찬 흉수를 한꺼번에 많이 빼낸 탓에 전해질 불균형이 와서 위험한 지경이 되었다. 하루 배액할 수 있는 최대량이 있는 건데 초과해서 빼고는 "이렇게 많을 줄 몰랐어요." 이게 의사가 할 소린가? 의료사고라 할 만했다. 하지만 그걸 따지고 어쩌고 할 마음조차 들지 않았다. 목숨이 경각에 달렸는데 그럴 여유가 없었다.

　이 위기상황은 평소 가깝게 지내던 의사 선생님 덕분에 넘길 수 있었다. 매일 통화하고 하루에 몇 번씩 문자를 주고받았는데 남편 상황을 꼼꼼히 체크하고 지침을 주셨다. 병원도 믿지 못하던 혼란스런 상황에서 얼마나 의지가 되었는지 모른다. 남편은 이 선생님 덕분에 5개월을 더 살았다 했다.

## 암과 함께 10년

주께서 주신 생명 함부로 해서
9년 전, 암에 걸려 수술받던 날
"제게 10년 더 주시어 예순 되어서
그때 주님 부르시면 따르오리다."

세월 가도 미련한 이, 마냥 그대로
2년 수술 주기는 1년이 되고
장기 따라 옮겨가며 방사선 쬐고
의사 처방 항암치료 다 따라 했네

혼자 약속했던 날이 1년 앞인데
양쪽 폐에 갑자기 물 차오르네
배액관을 꽂아서 흉수 빼낼 때
링거병은 양쪽 팔에 매달려 있네

줄인형처럼 달려 꼼짝 못 한 채
헐떡헐떡 가쁜 숨 몰아쉬던 날
비로소 지난 삶을 돌아다보네
남루할 것 같아서 외면했던 삶

돌아보니 나무랄 게 하나도 없어
후회, 원망 대신에 고마움 가득
내가 받은 천지 은혜 끝이 없어서
저절로 두 손 모아 고개 숙이네

"주여. 고맙습니다.
이제 저를 온전히 주께 맡기옵니다."

2022. 1. 21.

다행히 고비를 넘겨 침대에서 일어나 바닥에 발을 디딜 수 있게 되었고 휠체어로나마 병실 밖을 나갈 수 있게 되었다. 다른 병동 복도 끝에 창문이 열리는 곳이 있었는데 하루에도 몇 번 그곳에 가서 창을 열고 바깥 공기를 마시며 행복해했다. 매연 가득한 서울 공기, 1월의 찬 공기를 맛있다 했다. 이곳 창가 자리는 우리의 전용 면회장이 되었다. 코로나로 병실 면회가 안 되어서 이렇게 병실 밖 복도에서 만났다. 가족, 친구들을 만나고 이야기하고 하면서 남편은 점점 활기를 찾아갔다. 고통의 밑바닥에서 건져 올린 그의 말 한마디 한마디는 내게는 어떤 성자의 말보다 깊은 울림이 있었다.

극한의 고통을 겪으면서 오히려 남편은 평화를 찾은 듯했다. 온전히 자신을 받아들이고 자신을 내맡겼다. 그가 가기 4개월 전이다.

Vincent Van Gogh, <Almond tree in blossom>, 1888

## 병실에서 만난 부처님, 예수님

입원 생활이 길어져 간병인 아주머니를 구하려던 참에, 마침 같은 병실에 있다가 하루 만에 퇴원한 분의 간병인이 있어 부탁을 드렸다. 여러 날 아들과 아내가 번갈아 했던 간병 일을 이제부터 아내와 간병인 아줌마가 나눠 맡기로 했다.

간병 첫날 저녁, 아줌마가 내 발을 씻겨주셨다. 거친 손, 부드러운 손길에서 돌아가신 어머니가 떠올랐다. 양쪽 폐에서 매일 2리터 가까이 물이 나오고 수액통 줄에 두 팔 묶인 채 수인처럼 보내며, 씻을 생각조차 못 했는데 아줌마는 거즈를 이용하여 만든 물수건으로 얼굴과 온몸을 구석구석 닦아주었다. 목과 등과 발을 주물러주고 뜨거운 물 담은 페트병을 이불속에 넣어주고, 자다 깨보면 찬 물수건으로 목 부위를 주물러주고 있고….

순탄치 않은 삶을 살아온 아줌마에게 잡초 같은 건강한 생명력과 당당함이 느껴진다. 아줌마는 지금이 인생에서 가장 행복하다고 한다. 병든 사람 마음 가는 대로 보살펴주는데 고마워하니 보람도 있고 게다가 한 달에 300만 원 이상 벌 때도 있으니 얼마나 좋냐는 것이다. 첫날부터 몸과 마음이 하나가 되어 일하시는 모습에 감동했는데 이제는 아줌마 품이 부처님, 예수님 품처럼 느껴진다.

나는 지금 세상에서 가장 행복한 간병인의 간병을 받으며 조심스럽게 회복을 꿈꾸고 있다.

2022. 1.

간병인 아주머니는 참 존경스러운 분이셨다. 뭐든 안 되는 게 없었다. 얼마나 든든하고 의지가 되었는지 모른다. 건강이 썩 좋지 않았는데도 당신 몸을 전혀 사리지 않고 환자를 돌보셨다. 입원 기간 내내 함께하진 못했는데 우리 퇴원하는 날 일부러 찾아오셨다. 집에서 사용하라고 에어매트를 사 오셨다. 아주머니께 행복공장 자랑을 많이 했고 홍천에 같이 가자고 약속했다. 그래도 이 약속은 지켰다.

# 27년 동안 남편 간병하는 박경란 님께 바치는 시

1994년 모피공장 공원 박경란과, 염색 공장 공원 ＊＊＊이 만나 장위동 쪽방에서 살림 차렸지. 가진 거 하나 없지만, 선한 웃음 지으며 축구 잘하는 근육질 신랑이 너무 좋았어. 1년 뒤에 귀한 아들까지 얻어, 세상에 부러울 게 하나 없었지.

1995년 바람 좋던 날, 어지러움으로 힘들어하는 남편을 데리고 고대병원에 갔는데, 재생불량성 빈혈이라나. 이게 뭔 병이래? 빈혈이 심한 건가? 그때부터 남편은 일을 못 하고, 한 달에 한 번씩 수혈을 받고, 시아버지는 암, 시어머니는 중풍.

시어머니 나만 보면 "여자 하나 잘못 들어와 온 집안이 쑥 대밭 됐네."

남편, 아들 천안 시가에 보내놓고, 식당, 공장 전전하며 돈을 벌었지. 토요일 밤에 기차 타고 천안 갔다가, 월요일 새벽에 서울에 돌아오는 생활을 아마 10년쯤 했을 거야.

2020년 10월 29일 아들 골수 가지고 이식수술을 했는데, 면역억제제 부작용이 너무 심해 못 먹고 토하고 걷지 못하니까, 74킬로그램 나가던 사람이 49킬로그램이 되어 버렸어.

아파하고, 말라가도 해줄 건 없고,

바라보면 불쌍해서 눈물만 나지.

2022년 1월 6일 남편이 쓰러져서

병원에 다시 입원시켰더니,

아저씨, 여기가 어디에요?

내가 누구예요?

지금 무슨 계절이에요?

간호사가 물어도 아무 말 없네.

없는 살림에 20년째 남편 기초수급 통장은 시어머니가 차지하고,

27년 간병 끝이 안 보이네.

그래도 착하게 자라준 우리 아들이 고생고생 생명공학과 대학원생 되었지.

간이침상 선잠 속에 우리 남편이

골대 안에 축구공을 뻥뻥 차넣어,

깜짝 놀라 자리 차고 일어났더니,

무심한 하늘에 먼동이 트네.

부축 없이 혼자 걸을 수 있게 되었고 산소량도 많이 줄었다. 기침 때문에 자지 못하는 게 괴로운 일이었는데 남편은 본인이 못 자는 것보다 같은 병실의 다른 사람들에게 피해 주는 것을 더 힘들어했다. 밤중에 기침이 나면 병실을 나가 걷거나 호젓한 곳에 가서 책을 읽고 글을 쓰곤 했다. 어느 날부터인가는 자기처럼 잠 못 드는 같은 병실의 환자나 보호자와 이야기를 나누기 시작했다. 우리 병실은 5인실이었는데 모두 가족같이 지냈다. 박경란 씨 남편은 우리보다 먼저 입원해있었고 우리가 먼저 퇴원했다.

## 퇴원의 변

내일 퇴원합니다. 아주 조심스럽지만 제 인생의 숙제를 다 푼 느낌이 들어요. 영적인 길을 걷고 싶었는데, 저는 늘 지진아 같아서 남 수행하는 거 구경만 한 것 같은데, 이번에 평생을 통해 구했던 어떤 깨달음이 온 것 같아요. 자기관리를 못 해 암에 걸렸지만, 지금의 저는 암 또한 깨달음의 길로 인도해준 고마운 존재라고 생각합니다. 제 아내가 호흡조절, 급해지지 않기, 독선과 독단에 대한 경계, 자기 주시, 평정심에 대해 이야기를 해주었습니다. 자칫 지금 제가 놓칠 수 있는 것들을 잘 지적해주었어요. 지향은 내가 이 세상에서 가장 사랑하고 존경하는 사람, 영적인 길에서 스승이나 도반 같은 사람입니다. 지향이 제 아내라는 게 저에게 내린 가장 큰 축복 중 하나입니다. 이제 조금 차분해지려구요.

이번 입원 기간에서 제일 좋았던 것은 울 아들이 매일매일 해 준 특별한 요리. 그리고 형제들, 조카들과 깊이 있게 대화한 것. 형제들과 조카들로부터 받은 편지들, 마음 담긴 소중한 선물들이었습니다. 입원해있는 동안 기도해주시고 걱정해주신 형제들, 조카들 고맙습니다. 그래서 이렇게나마 회복될 수 있었습니다. 퇴원의 변이 너무 길어졌네요. 끝.


2022. 1. 29.

소탈해서 좋아하고

배려해서 사랑하고

포용해줘 감사하고

차별 없어 존경하네

항상 미안하고 감사해. 내 가슴속 처남은 부드럽고 따뜻한 반짝이는
별. 우리 잘 이겨내자. 나에겐 항상 최고의 처남.


힘겹게 암 투병 중인 매형의 편지글이다. 아주 힘든 상황이
었으나 그런 만큼 감사한 일도 많았다. 가족은 물론이고 친구
들, 선후배… 돌아보니 비단 이번 입원 기간만이 아니라 남편
이 암 환자로 있었던 10년 세월 동안 많은 이들이 응원하고 기
도해주었다. 남편의 '부재'를 앞당겨 실감해서 그랬을 것 같다.
우리는 모든 게 영원할 것처럼 산다. 모든 게 변하고 사라져 없
어지는 당연한 진리를 외면한다. 누군가의, 무언가의 부재를
진정으로 떠올릴 수 있으면 삶이 달라질 텐데.

아들 예철이는 입원 기간 내내 하루도 빼지 않고 면회를 왔다. 직접 반찬을 만들어 들고 왔다. 아빠 영양 보충을 위해 만들어 온 음식들 모두 감동이었는데, 그중 스지라는 음식이 제일 감동이었다. 난 그런 음식이 있는 줄도 몰랐다. 밤새 핏물을 빼고 몇 시간을 삶아 만드는 손이 많이 가는 거였다. 남편이 사람들에게 사랑을 많이 주는 사람이라 생각했는데 못지않게 사랑을 많이 받은 사람이었다. 행복한 삶이었다는 생각이 든다. 참 잘살았다.

퇴원 후 한 달여 서울집에 있으면서 남편의 상태는 점점 좋아졌다. 산소호흡기가 필요하긴 했지만 매일 동네 산책을 하고 책 보고 글 쓰고, 사람도 만나고 설거지도 하고…. 그 와중에 사건 상담도 했다. 아들 문제로 가방 가득 참고 자료를 가지고 온 지인이었는데 동네 등산로 입구 벤치에 앉아 남편은 자료를 다 살펴보고 그에게 의견을 주었다. 웃어야 할지 울어야 할지…, 남편은 그런 사람이었다.

이 시기 남편은 감정 면에서 태도 면에서 예전과 달라진 모습을 보였다. 일상생활은 그대로 하는데 원래의 남편이라면 참고 넘어가거나 에둘러 말하고 행동할 것을 거침없이 말하고 행동했다. 오랜 입원에서 올 수 있다는 섬망 증상 아닌가 염려도 되었었다. 가까운 사람들한테 전화로나 직접 만나서나 왜 이렇게 사냐, 이래라저래라 등 평소 남편답지 않게 행동했다. 1∼2주 그랬던 것 같다. 조금 불안하기도 했지만 거침없고 겉치레 없는 남편의 모습이 좋아 보이기도 했다. 남편의 전화를 피할 만도 한데 한 번도 피하지 않고 오롯이 다 받아준 친구들, 시도 때도 없이 전화해서 한참을 뭐라 해도, 밤 12시에 집으로 불러도 늘 같은 얼굴로 와줬다. 아무리 친해도 쉽지 않았을 텐데…. 남편과 나는 우리 주변에 좋은 사람이 많다고 생각했다. 참 복도 많다고 이야기하곤 했었다. 정말 그런 것 같다.

## 오늘 부부가 되는 영훈, 수아 님께!

저는 신랑 아버지의 오랜 벗입니다.

어릴 때 봤고, 그 후 아버지를 통해 이야기만 들었던 영훈 군 결혼 소식에 제일 먼저 달려가 축하해주고 싶었지만, 여의 치 않아 아들 예철 군을 대신 보냅니다.

서로 사랑해서 결혼하지만, 앞서 결혼한 모든 부부들이 그 렇듯이, 행복한 부부생활을 하는 일이 쉽지만은 않습니다. 상대 방이 이해되지 않고 많이 미워질 때도 있습니다. 혹시 그럴 때 가 생기면 잠시 상대방의 영원한 부재에 대해 생각해 봅니다.

사람 사이에는 늘 문제가 생깁니다.

문제에 비해 존재는 비교 불가하게 크고 소중합니다. 문제 가 있으면 먼저 자신에게서 원인을 찾고, 또 상대방이 왜 그럴 까에 대해 생각하고, 지금 내 마음이 어떤지도 생각하고, 상대 방이 들을 준비가 되어있을 때 차분히 대화를 시작합니다. 현 명한 대화는 갈등을 풀 수 있는 좋은 방법입니다.

상대방은 내가 사랑해서 선택한 배우자이어서, 좋은 대화

끝에 대부분 해결책이 마련될 것입니다. 이 세상에 내가 있어서 참 좋다. 네가 있어서 참 좋다. 나와 상대방에 대한 절대 긍정은 부부관계뿐만 아니라 모든 관계에서 궁극적 평화와 행복을 가져옵니다.

칼릴 지브란의 『예언자』라는 책을 두 분이 읽고, 서로 책에 대해 이야기 나누면 좋겠단 생각이 듭니다.

두 분의 사랑이 영원하기를 기원하며 천일(일생의 의미) 동안 시들지 않는 천년화를 결혼 선물로 보냅니다.

두 분의 멋진 출발을 멀리서 응원합니다.


2022. 2. 14.

아버지의 벗, 권용석 드림

이즈음 친한 대학 친구 아들 결혼식이 있었는데 남편은 거기에 꼭 가고 싶어 했다. 여전히 코로나가 크게 신경 쓰이는 때였고 건강도 염려되고 하여 나도 아들도, 친구들도 말렸다. 그냥 가라고 할걸. 하고 싶은 건 그냥 하는 게 나은 것 같다. 마지막일지 모르니.

미안합니다

당신을 혼자 두고 떠나게 될까봐

이제 말도 하기도 힘들고

내가 당신을 위해 할 수 있는 건

간간이 당신 바라보며 미소짓는 것

내 아내는 나이 들어도 참 예쁩니다

얼굴도

마음도


2022. 3.

퇴원해서 한 달 보름쯤 잘 지냈는데 흉수가 차고 호흡곤란
이 심해져 구급차로 응급실 거쳐 다시 입원했다. 또 꼬박 한 달
병원 신세를 졌다. 다시 고유량 산소호흡기를 달고 여러 날 침
대 밖을 한 발자국도 나오지 못했다. 이제 정말 시간이 얼마 안
남았다는 생각이 들었는지, 그 힘든 와중에 마지막 정리를 하
려는 듯 글을 썼다. 이때부터는 글에 제목을 달지 않았다.

아파해서

숨차해서

찡그려서

곤히 자는 당신을 깨워서

눈물짓게 만들어서

미안합니다

참 좋은 사람을 만나

이렇게 멋진 삶을 살려고 하면

대가가 있나 봐요

당신과 함께했던 모든 시간

다 좋았습니다


2022. 3.

제가 무얼 더 바란다면

욕심일 테지요

하느님 뜻대로


다만

제 아내 외롭지 않도록

제게 좀 더 시간 주시기를

간청합니다

주님의 사랑과 평화를

이 땅에 구현하며 살겠습니다


2022. 3.

남편도 살고 싶은 마음이야 왜 없었을까만 죽음에 대한 두려움도, 목숨에 대한 집착도 없어 보였다. 나를 두고 가는 안타까움에 이 세상에 좀 더 있었으면 했다. 나도 그가 가지 않기를 간절히 바랐다. 내 목숨 거두어가고 그를 살려달라는 기도를 하다가 금방 정정했다. 그러면 뒤에 남는 남편이 더 괴로워할 것 같았다. 아들도 마음에 걸렸다. 둘이 70살까지 살다 가면 좋겠다 싶었다. 그렇게 해달라고 기도했다. 다 맡긴다면서도 늘 조건부였다.

동물농장 친구들아!

40년 세월 함께할 수 있어서

더할 나위 없이 좋았어.

좀 더 놀고 가고 싶었는데

쉽지가 않네!

1평 병실 공간에서 산소 줄을 코안에 꿰고,

가쁜 숨을 몰아쉴 때,

우리가 살고 있는 일상의 삶이

얼마나 행복하고 귀한 것인지.

이제 다들 성취했으니,

욕심내지 말고, 오로지 행복과 평화만이,

사랑만이, 나눔, 베풂만이 삶의 목적이 되기를!

사랑하는 사람들과

이 아름다운 세상

더 많이 누리시다 오시길…

그리고 행복공장과

내 아내 외롭지 않게,

이 세상에 '행복공장' 같은

단체 하나 남아 있어도

괜찮을 것 같은데,

나는 여기까지.

그다음은 여러분의 몫!

동물들에게 빚을 확 안겨주네. ㅋ


2022. 3.

'동물농장'은 남편 대학 친구들 모임 이름이다. 어렸을 적 서로 지어준 별명이 다 동물이어서 모임 명도 그렇게 되었다. 남편에겐 친한 친구들이 많았었는데 대학 친구들을 콕 집어 말한 건 행복공장을 부탁하고 싶어서였을 것 같다. 동물농장 친구들끼리는 자주 만나고 유대가 좋은 사이라 자신의 뒤를 부탁하기 좋았던 듯싶다. 마지막 가는 길에도 행복공장 걱정을 많이 했다.

사랑하는 우리 아들!

이 세상에서 제일 귀한 예철.

1평 남짓 병실에서 엄마랑 단둘이 생활한 지가

벌써 보름이 넘어가.

우리 아들은 아빠 걱정하랴 엄마 걱정하랴

마음이 썩어가겠다.

그래도 그동안 내공이 많이 생겨서

표시는 덜 날까?

아빠가 이제는 가야 할 시간 같은데

엄마가 좀 더 있고 싶어 해.

아빠는 엄마 힘들고, 예철이 힘든 거 너무 싫은데…


예철이와 엄마랑 함께했던 평범한 일상이 그리워.

엄마, 아빠에 대한 예철이의 깊은 사랑을 활활 펼쳐서

힘든 사람, 어려운 사람들에게

듬뿍듬뿍 나눠주면 좋겠다.

그리고

가슴속에 들어있던 바위도 다 녹아내려

훨훨 자유롭게 날아다니는 나비가 되면 좋겠다.

그때 아빠는 꽃이 되어 방긋방긋 웃고,

예철이와 함께 춤출게.

우리 예철이가 사랑이 되고, 평화가 되어,

예철이를 만나는 사람들마다 자비심이 넘치고

평화로워지게.

하늘처럼 넓고

바다처럼 깊고

바람처럼 자유로운 사람이 되어라!


아빠가 갇혀있던 병실 공간을 생각하면서,

몸과 마음 건강할 때

이 좋은 세상, 아름다운 세상

원 없이 누리고

하고 싶은 일들 맘껏 하면서

행복 또 행복하면 좋겠다.

행복공장 일도 부담 갖지 말고 즐겁게!

주변에 좋은 분들 너무너무 많으시니까, 잘 배워가면서!


나는 우리 아들이 평생 '학인', 배우는 사람으로 살기를 바라.

누구보다 똑똑한 예철이가

늘 겸손하게 배움을 추구하며 살아간다면

삶이 깊어지고 더 넓어질 거야.

보물 같은 아들이 엄마, 아빠에게 와서

30년 넘는 세월 참 잘 살았다.

예철이가 해 준 스지와 마음으로 만들어준 음식들도

잊지 못할 거야.

아들에게 마지막으로 신심명 한 구절 남길게.

엄마도 제일 좋아하는 신심명의 첫 구절이야.

지도무난(至道無難)

유혐간택(唯嫌揀擇)

이래도 좋고, 저래도 좋고,

이래서 좋고, 저래서 좋고,

따스한 엄마의 품


2022. 3.

사랑하는 나의 아내

이제는 시간이 얼마 안 남은 것 같아.

마지막 작별인사도 잘 못하게 될 것 같아서

이렇게 앉은 김에, 밥 먹은 김에…

당신과 함께한 세월, 더 할 나위 없이 좋았어.

'늘, 언제나'는 아닐지 몰라도

최고의 사람과 마지막까지 최고의 사랑을 나누며 함께해서.


그래도 욕심내지 않고,

같은 꿈을 꾸면서,

한 길 한 걸음 걸어왔지. 아주 잘!

당신과 나의 발자국이 겹쳐져서

우리의 인생이 되었지.

이제 당신의 남은 인생에는

나의 발자국이 없다고 생각하겠지만,

나는 늘 수호신처럼 당신과 함께하면서,

당신에게 말 건네고,

당신을 보호해주고,

당신을 따뜻하게 감싸줄 거야.


언젠가 한 번은 헤어져야 하는데

지금이 그때인 것 같아.

서로 더 힘들지 않게…

건강관리 잘해서 아프지 않게

예철이랑 건강검진도 꼭 받고

예철이 걱정하지 않게.


마지막까지 당신의 사랑

듬뿍 받고 가는데,

나는 당신에게 무얼 주고 가나?

몸에 묶여 있으니 해 줄 수 있는 게 없어.

당신을 향해 보내는 미소 속에

나의 모든 것을 담아서

당신 다시 만나는 날까지

당신이 늘 행복하기를

당신이 늘 평화롭기를

당신이 늘 자유롭기를 기원드립니다.

내 사랑 노지향


2022. 3.

커튼으로 가리워진

한 평 남짓 병실에서

봄꽃 피는 들길, 산길

함께 걷는 날을 꿈꿉니다


2022. 3.

죽음보다 더 한 고통이라고 해도 전혀 과장이 아닐 거다. 그래도 남편과 나는 죽음 앞에서 꽤 대범했던 것 같다. 그가 힘들어하는 게 가슴 아팠지만 죽음 앞에 떨거나 쫄지 않았다. 어떤 상황에서건 우리가 할 일은 단 하나, 이 세상에 온 숙제를 하는 것뿐이라고 서로를 격려했다. 잘하고 있다고 연신 하이파이브를 하고, 서로 멋지다고 추켜세우고. 누가 봤으면 눈꼴 사나웠겠다. "우리가 잘하니까 난이도가 자꾸 높아지는 것 같아. 너무 하시는 거 아녜요? 이제 좀 봐주세요~" 농담도 했다. 설상가상 입원 중에 코로나까지 걸려 최대 위기라 했는데 이번에도 남편은 고비를 넘겼다. 그는 하루하루 순간순간 최선을 다했다.

저 때문에 걱정이 많으시지요?

그래도 잘 버티고 있고,

가끔 둘이서 농담하며 웃기도 해요.

몸 약한 사람이 24시간 간병하느라 위태위태해 보이는데,

달리 방법이 없네요.

예철이가 매일 교대하겠다고 하지만,

아내도 저도 아직은 선뜻 내키지가 않아서…

가끔씩 젖은 눈으로 나를 바라보거나

코를 골며 곤히 쪽잠을 자고 있는 모습이

왜 이리도 예쁜지?

저는 환갑이 지난 제 아내가 아직도 이 세상에서 제일 예 쁴요.

저를 아껴주는 고마운 분들과

이 좋은 세상에서 하루라도 더 함께하기 위해

오늘도 최선을 다할게요. 고맙습니다!

병원에서의 삶은 롤러코스터.

살만할 때가 있는가 하면,

죽을 것만 같을 때도 있고,

오늘은 조금 살만한 날인가 봅니다.


2022. 3. 22.

코로나 상황이어서 병실에는 환자 한 명에 보호자 한 명만 있을 수 있었다. 입원 기간 내내 나 혼자 보호자 역할을 했는데 남편은 내 걱정을 많이 했다. 하지만 둘이 24시간, 한 달 내내 같이 있었던 건 참 다행한 일이었다. 코로나가 아니었으면 누구하고든 교대로 간병을 했을지도 모른다. 코로나 덕분에 그가 가기 전까지 아까운 시간을 하나도 놓치지 않고 둘이 함께했다. 하루가 얼마나 아깝고 중요한지를 아는 건 쉽지 않다.

우리 집에 드디어 왔어요.

암병동 10층 병실에서 집까지 오는데

한 달 걸렸습니다.

이젠 안 가고 싶다.


2022. 4. 12.

벚꽃 날리던 날, 친구 차로 퇴원했다. 남편 중고등학교 동창인 그는 말없이 남편을 지켜준 사람이다. 입원해있을 때나 퇴원해서 집에 있을 때 공연이 있다거나 해서 내가 부득이 남편 곁에 못 있는 경우는 예외 없이 그가 와줬다. 중국이든 서울이든 홍천이든. 어디든 언제건 단 한 번 '노' 없이 달려왔다. 어지간해서 자기 속내를 드러내지 않는 사람이었는데 남편 상황이 위중해지자 자주 문자로 마음을 표현했다. '무궁화 꽃이 피었습니다. 돌아보면 항상 네가 있으면 좋겠다' 했다.

이번 한 번만,

아주 잠깐이라도,

내 사랑이

31살의 예수처럼 순수해져

간절해진 내 기도가

너에게 숨이 되어 가기를

조금이라도 힘이 되기를

　정말 많은 사람들이 남편을 걱정하고 마음을 모아줬다. 이번에 퇴원해서는 20여 일 집에 있었는데 형제들이랑 친구들한테 먹고 싶은 음식을 하나씩 할당해서 매일 잔치를 벌였다. 평생 못해본 어리광을 부리는 것 같다고 했다. 그렇게 보고 싶은 사람들을 한 명씩 보았나 보다. 집에서 보낸 마지막 시간이었다. 오랜 친구들. 평생을 함께 한 형제들. 그 안타까움이 나보다 못했을까.

　집에 있는 20일 내내 남편의 상태는 좋지 못했다. 아니 아주 나쁜 상태였다. 이런 상황에서 홍천엘 갔다. 지난해 연말부터 남편 상황이 안 좋아서 홍천 수련원에서 진행하는 프로그램들을 모두 뒤로 미뤄두었었다. 4월 말에 첫 2박 3일 프로그램이 있었는데 내가 진행하는 거여서 나 혼자 가고 남편은 간병인이랑 서울집에 있거나, 모두 같이 홍천에 가거나 해야 했다.

남편은 홍천에 가고 싶어 했다. 그렇게 사랑하는 행복공장에 가고 싶었을 거다. 해피, 토리도 보고 싶었을 거다. 호흡곤란이 더 심해져서 평소 사용하던 산소호흡기로는 안심할 수가 없었다. 산소를 충전해서 쓰는 병원용 산소호흡기 2대를 구입해서 무리한 여행을 했다. 마지막 여행이었다. 그렇게 집을 떠나서 돌아오지 못했다.

무척 힘든 여행이었는데 홍천에 도착해서 남편은 행복해했다. 해피, 토리와의 재회는 눈물겨울 정도. 원래 프로그램 참가자들과 만나고 이야기하는 걸 좋아했었는데 공간에 함께 있는 것만으로도 행복한 듯했다. 은둔 청년들과 함께하는 프로그램 시작 오리엔테이션에서, 참가자들과 강당에 있는 모든 사람 소개를 마치고, 내가 덧붙였다. "아직 소개 안 한 한 사람이 더 있어요. 오리엔테이션 때면 늘 이곳 강당에 함께 앉아 한마디 했었는데 오늘은 없네요. 행복공장 설립자인 권용석 전 이사장입니다. 몸이 안 좋아서 강당엔 못 들어왔지만, 밖에선 만날 수 있을지 몰라요. 혹시 만나면 인사해요. 숨 쉬는 게 힘들어서 얘기는 잘 못 나누겠지만 백만 불짜리 미소를 날릴 겁니다."

휠체어 타고 잔디밭에서 참가자들과 환하게 이야기 나누던 모습. 행복공장에서의 마지막 모습이다. 수련원에서 나흘 머무는 동안 남편은 행복했을 것 같다. 숨쉬기 더 힘들어했고 음식 먹는 것도 힘들어했지만. 하지만 부질없는 짓인 줄 알면서도 자책이 올라온다. 홍천에 가지 않았으면 어땠을까. 그렇게 무리해서 갈 일이었을까. 프로그램을 연기했으면? 내가 진행하지 않고 다른 대안이 있지 않았을까? 왜 내가 꼭 해야 한다고 생각했을까?

프로그램 마치는 날. 안 가고 싶어 했던 병원에 다시 가게 됐다. 이번엔 홍천에 있는 병원 응급실로 또 구급차로 갔다.

1년 넘게 나를 살리신

장모님 물김치

마르지 않는 생명의 샘


2022. 5.

지난해, 방사선 치료 후유증으로 남편이 음식 먹기 힘들어했을 때 엄마가 물김치를 만들어 보내주셨다. 다른 건 먹지 못하고 장모님 표 물김치만 먹었다. 그렇게 시작된 반찬 배달이 15개월 계속되었다. 반찬 가짓수도 점점 늘었다. 힘드시다고 그만하시라 해도 내일모레 아흔인 노인네 음식을 먹어주는 게 고맙다며 계속하셨다. 어떻게 해서라도 사위를 살리고 싶으셨던 게지. 장모님의 사위 사랑이 지극했는데 사위도 그에 못지않았다. 장인, 장모께 아주 잘했다. 참 귀한 사위였다.

세상에서 제일 듣기 좋은 소리

장모님 해파리 무침

우리 아들 먹는 소리


2022. 5.

세상에서

나를 제일 애타게 만드는

아내 코 고는 소리


2022. 5.

홍천 병원에서 남편이 쓴 마지막 글들은 하이쿠를 닮았다. 남편이 그즈음 하이쿠를 많이 읽었었는데 그 영향이었는지도 모르겠다. 그가 제일 좋아했던 하이쿠 하나.

꽃그늘 아래

생판 남인 사람

아무도 없네

– 잇사

아내의 여린 숨소리

물기에 젖어있네


2022. 5.

하이쿠 둘.


나무를 쪼개 보아도

그 속에는

아무 꽃도 없네

– 오니쓰라

고향 돌아가는 길

두렵지 않으나

길 잃어 중간에 멈춘 발


2022. 5.

홍천 병원에 입원해있던 20일 동안 남편은 어떤 말로도 부족한 극심한 고통을 겪었다. 이젠 그만하고 싶다고 했다. 고통 때문이기도 했지만, 그보다는 내가 또 아들이 힘들 걸 염려해서였다. 나를 위해서 어떻게든 살아보려 하루하루 최선을 다했던 남편인데 이젠 그만하고 싶다 했다. 전에도 이젠 가망 없다고 그만하겠다고 한 적이 더러 있었지만, 그때는 내가 이야기하면 내 뜻을 따라주었다. 그런데 이번엔 달랐다. 내가 너무 비현실적이라고 했다. 자기가 어떻게 좋아지겠냐고. 이러다 모두 한곳에서 죽을 거라 했다. 별다른 치료를 하는 게 없었으니 치료를 더 이상 안 하겠다고 할 건 없었고, 음식을 먹지 않겠다고 했다. 며칠을 애를 태우다가 어느 날은 나랑 마주 보고 있는 이곳이 천국이라고 내가 하자는 건 다하겠다고 했다. 이러지도 저러지도 못하는 발 묶인 시간, 남편에겐 '길 잃어 중간에 멈춘' 시간이었던 듯싶다.

그런 와중에도 남편은 사람들 만나 대화하고 글을 쓰곤 했다. 초인적이었다. 홍천 병원에서는 1인실에 있었는데 창문이 열리고 앞에 산이 보이는 곳이라고 남편은 무척 좋아했다. 여기에선 가족, 친구들과 면회를 할 수 있었고 무엇보다 우리 세 식구가 함께 있을 수 있었다. 이생에서의 마지막 만남을 홍천의 허름한 병실, 햇볕 좋고 바람 좋은 병실에서 했다. 무척 힘든 시간이었지만 20일 내내 세 식구가 함께한 것은 참 감사한 일이었다. 특히 아들 예철이랑 남편이 같이 있는 모습은 아프도록 아름다웠다. 아빠를 주물러 주고 아빠 이야기를 받아적기도 하고 아빠를 바라보면서 글을 쓰기도 하고…. 대부분 부자 사이가 그렇듯 늘 좋지만도, 편하지만도 않은 관계였는데 일순간 다 괜찮아진 듯했다. 서로에게 제일 귀한 선물을 주었다.

아들 예철이가 아빠 가기 사나흘 전에 쓴 글이다.


바람이 잘 드는 어느 작은 병실. 따뜻한 햇볕이 비추는 창가를 보고 누워. 그는 기침하고 숨을 헐떡이고 간신히 웃음 지은 뒤 몸을 뉘어 잠에 든다. 나도 간신히 지은 미소로 그대를 보고, 바란다. 그 잠, 햇살 같은 잠이어라. 부디 따듯하고 편안한 잠이어라. 시원한 바람이 그대의 숨이 되어 그 고통 조금이라도 씻어주어라. 내가 틀어놓은 음악 소리가, 미소가, 이 마음이 그대에게 작은 위안이 작은 안식이 되길. 부디, 부디 그대가, 우리가 평화롭길.

그대와 함께 걸은 길

모든 이에게 꽃길이 되길


2022. 5.

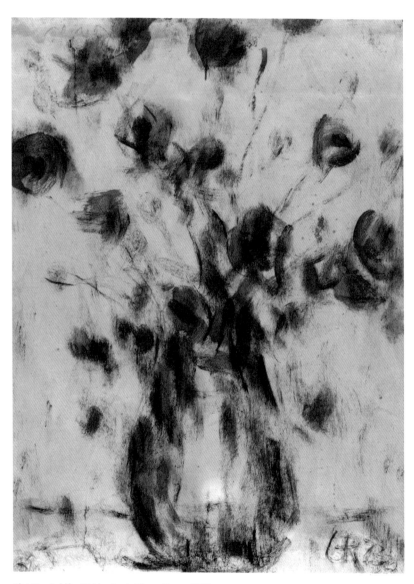

Christian Rohlfs, &lt;Feldmohn in Blauer Vase&gt;, 1923

남편이 나에게 쓴 마지막 글이다. 나 혼자 보기 아까워, 행복공장 느티나무 아래 돌에 새겨두었다. 거기 오는 모든 이에게 하는 말이기도 해서.

그의 마지막 날, 남편은 그날이 마지막인 줄 알았던 것 같다. 병원에선 며칠 더 있을 거라 했지만… 가까운 사람들한테 문자 보내고 몇 명이랑은 통화도 하고 평생 그렇게 좋아했던 야구도 보고 그랬다. 이날 많은 시간을 행복공장 이야기를 했다. 주로 아들에게 이건 이렇게 저건 저렇게 누구누구와 의논하고 등등. 우리나라 병원시스템에 대해서도 많은 이야기를 나누었다. 책을 쓰면 좋겠다고 했다. 이 정도면 참 못 말리는 부부.

무얼 먹기 힘든 상황이었는데 특유의 넉넉한 웃음을 지으며 "뭘 좀 먹을까?" 했다. 아들이랑 나 좋으라고 그러는 것으로 들렸다. 선물로 들어온 각양각색의 예쁜 화과자를 하나씩 먹었다. 차와 함께. 지상에서 한 우리 세 식구의 최후의 만찬이었다.

수치상으로는 의식이 없어야 하는데 남편은 명료한 정신으로 밤늦도록 우리랑 이야기했다. 이상한 표현이지만 무척 평화로운 시간이었다. 시간의 흐름이 슬로 모션으로 느껴지고 슬픈 듯 안타까운 듯 그러면서도 지극히 일상적인, 한마디로 표현하기 힘든 오묘한 시간이었다. 너무 힘들 것 같아 잠시 눈붙이자하고 세 식구가 한 방에서, 남편은 침대에 나는 간이침대에 아들은 의자에서 각자 잠이 들었는데 그 잠깐 사이에 그가 갔다. 2022년 5월 20일 새벽 2시경. 가는 모습 보여주지 않으려, 나와 아들이 힘들까 봐 일부러 그렇게 간 것 같다. 세상 하직하는 마지막 순간까지 남을 배려한 사람. 남편은 그런 사람이었다.

죽음보다 더한 고통 속에서도
자신보다 남을 걱정하는 사람
당신은 정말 귀한 사람입니다
이렇게 힘든 시간에도
환하게 미소짓는 사람

당신은 참 아름다운 사람입니다

그런 당신을

더 많이 사랑하지 못해

가슴이 아파요

미안합니다

꼭 다시

밝은 눈으로 만나

사랑만 하게 하소서


2022. 5.

노지향

# 용석이 가다

몸에 좋다는 아침 사과를 먹다가

용석이 부고를 받았다

눈물이 울컥

사과가 목에 걸렸다

저 아래 동방중학교 마당에는

아이들이 모여 운동회를 하는지

와, 까르르, 자지러진다

순간 용석과 지향의 얼굴이 겹쳐

눈앞에 나타났다

서슬 퍼런 공안검사로 우리 집 드나들던 용석이

별것도 아니라는 갑상샘암에 무릎을 꿇다니

기적이 일어났다며 두 내외 좋아라 전화하던 게 엊그제

기적은 손짓만 하다가 돌아갔구나

이제 어쩌나

검사들은 점점 더 무서워지고

바보처럼 헤헤 웃는 얼굴 더는 없으니

지향에게서 찾으랴

예철에게서 찾으랴

행복공장에서 찾으랴

부디 행복의 나라에 부활하소서


호인수 신부님께서 남편 떠나던 날 쓰신 글이다. 남편의 죽음을 많은 사람들이 애통해했다. 긴 시간 중한 병과 씨름하는 남편을 염려하고 안타까워했지만 그렇게 갈 줄은 몰랐다고 했다. 나도 마지막 순간까지도 남편이 가지 않을 것 같았다. 본인이 살려고만 하면 살 수 있으리라는 설명하기 어려운 믿음이 있었다. 실제로 남편은 의학적으로 가망 없다고 했던 위기를 여러 번 넘겼었다. 그래서 그랬나. 긴 병원 생활에도 난 그다지 힘든 줄 몰랐었다. 남편이 아픈 게 가슴 아팠지, 간병하는 게 힘들거나 하진 않았다. 원래 남편이란 사람이 웬만한 건 자기가 하려 하고 짜증 한 번 내는 일 없는 사람이었기에 더 그랬을 거다. 내가 할 수 있는 일에 최선을 다할 뿐이었다. 그런데 그가 갔다. 나는 여전히 남편이 나를 힘들게 하지 않으려 그만 살기로 하고 갔다는 바보 같은 생각을 지울 수가 없다. '난 힘들지 않은데 당신 혼자 왜 그렇게 생각하는 거야. 당신 없이 사는 게 더 힘들지, 바보야!' 원망 아닌 원망도 든다. 어쨌거나 그는 갔다. 그가 이제는 고통 없는 곳에서 편하게 쉬고 있을 거라고 진심으로 생각한다. 그럼에도 동시에 그가 없는 이 상황이 그냥 싫다. 그가 여기에 있으면 좋겠다. 내가 '나는 어찌 살라고' 류는 아니지 하다가도 또 뭐가 다르겠나 싶기도 하다.

그래도 남은 사람은 살아야 했다. 5월 20일에 그가 가고, 6월 초부터 총총히 잡혀있는 일들을 해야 했다. 할 일이니까 그냥 한 것 같다. 은둔 청년들과 6월 내내 연극캠프를 하고 극장 공연도 했다. 극단 정기공연도 6월에 있었다. 내가 하는 일, 내가 만든 공연을 세상에서 제일 좋아하고 늘 함께했던 남편 없이 하는 첫 프로그램, 첫 공연이었다. 그 공연이 내겐 유복자처럼 느껴졌다. 사람들의 눈물, 환호와 함께하면서도 한편으로는 내가 허깨비 같았다. 그 사람 없이 하는 첫 공연, 그 사람 없는 첫 생일, 그 없이 맞는 첫 결혼기념일…. 기념일을 포함해 모든 일에 '그 없이 하는'이 붙었다. 그의 상실을 품은 채 살아가야 할 날들이 아득하게만 느껴진다.

남편은 글 쓰는 걸 좋아했고 책도 내고 싶어 했다. 남편이 가기 3, 4년 전 즈음부터, 글을 써서 어떤 책이든 출판하자고 약속했다. 작년 9월에 원고 마감하고 12월 출간을 계획했었는데, 그 전에 남편이 갔다. 그를 보내고 그가 남긴 글을 정리해서, 계획대로 작년 12월에 내기에는 내 상태가 그럴만하지 못했다. 해야지 하면서도 움직여지지 않았다. 남편의 1주기가 다가오는 지금에야 책으로 엮게 되었다. 남편과 한 약속을 지키고 싶어 책을 내면서도 뭘 더할 게 있을지, 빼야 할지, 이대로 괜찮은지 등 염려가 되는 것도 사실이다. "지향, 그건 싣지 말아야지!" 남편이 말하는 것 같다. 그가 있었더라면 훨씬 더 꼼꼼히 살피고 다듬었을 텐데…. 그래도 책을 내고 싶어 했던 그의 소망을 이렇게라도 이룰 수 있어 다행이다. 소박하지만 진솔한 그의 글이 누군가에겐 추억이 되고 누군가에겐 작은 위로가 되면 좋겠다.

'그가 없지만 있는' 상황을 받아들이고 그와 함께하는 길을 찾아 나갈 수 있기를 소망한다. 내가 그 길에서 사랑하고 성장하기를 간절히 바란다. 그를 다시 만나는 날까지.


당신 다시 만나는 날까지
당신이 늘 행복하기를
당신이 늘 평화롭기를
당신이 늘 자유롭기를 기원드립니다.
내 사랑 권용석

# '치유공간' 만든 권용석 변호사 별세

사단법인 행복공장 설립자인 권용석 변호사가 20일 별세했다. 향년 58세. 고인은 서울대 법대를 졸업하고 사법시험에 합격해 1992년부터 2002년까지 검사를 지냈다. 이후 법무법인 대륙아주에서 변호사로 활동하던 중 2013년 전 재산을 털다시피 해 강원도 홍천에 1.5평 남짓한 독방 28개가 있는 '감옥 수련원'을 지었다. 검사 시절 늘 새벽 1~2시에 퇴근하는 등 일주일에 100여 시간씩 일하는 격무에 시달리면서, 자신이 감옥에 보낸 피의자들처럼 감옥에 들어가서라도 쉬고 싶다는 간절한 마음을 담아 스스로 들어가는 감옥 수련원을 만든 것이다.

치유 연극인 부인 노지향 '연극공간 – 해' 대표와 함께 홍천 수련원을 운영하는 행복공장을 설립한 고인은 법무법인 대륙아주를 비롯해 친구들과 지인들, 기업의 후원을 받아 주로 비행을 저질러 6호 처분을 받은 소년·소녀들이나 고립 청년들이 2박 3일간 수련원에 머물며 성찰하고 상처를 치유하는 무료 프로그램을 제공했다. 고인은 청년들이 독방에 비치된 행복공장 워크북에 따라 자기 인생 그래프를 그려보거나, 삶에서 가장 행복했던 순간과 가장 불행했던 순간을 떠올려보거나, 1년밖에 못 산다면 하고 싶은 일(버킷리스트)을 적어보거나, 80살이라고 가정하고 지금의 나에게 보내는 편지를 씀으로써 새로운 삶을 설계하도록 이끌었다.

고인은 성찰 문화의 필요성을 늘 강조했다. 고인은 "나라가 보수와 진보로 갈려 막말과 가시 돋힌 말, 분노만을 내뱉고, '나는 옳고 너는 다 그르다'는 진영 논리만이 팽배하다. 한 번이라도 고요하게 머물러 자기 안의 미움과 분노, 상대방의 마음을 함께 들여다봄으로써 서로 잘 듣고 마음을 잘 표현할 수 있게 되면 좋겠다"며 독방 감옥에서의 성찰을 권했다.

고인은 10년 전 갑상샘암 진단을 받은 뒤 여러 차례 수술을 받으면서도 불굴의 의지로 투병하며 행복공장을 통해 불우 청소년들의 치유와 변화를 위해 노력해왔다. 그러나 지난해 말부터 병이 심해지면서 최근 홍천 수련원에서 생을 정리하는 시간을 가졌다.

　유족으로는 부인 노지향 씨, 아들 예철 씨가 있다. 빈소는 서울아산병원 장례식장에 차려졌다.


2022. 5. 20.

조현(한겨레신문 종교전문기자)

## 천사가 된 검사

그렇게 가지 않았으면 좋았을 친구가 천사가 되어 하늘로 올라갔습니다. 제가 어느 매체에선가 썼던 글 〈행복을 만드는 공장〉에 주인공으로 등장했던 친구입니다. 그래서 이렇게 그를 추모하는 글도 올립니다. 여전히 할 일이 많은 친구인데 너무 빨리 갔네요. 그의 머릿속에 차 있는 많은 일들의 절반도 채우지 못하고 갔을 테니 말입니다. 잘은 몰라도 제가 아는 한 그 일들은 모두 세상을 밝히는 선한 일들이었습니다. 선한 싸움을 마치고 달려갈 길을 다 간 후에 갔어야 할 그가 이렇게 허망하게 일찍 간 것입니다. 더 행했어야 할 그의 선한 일들이 그가 죽음으로 인해 그만큼 세상에 행해지지 못한다니, 그 점 또한 매우 아쉽습니다. 그는 그것을 안타까워하며 마지막까지 삶의 끈을 놓으려 하지 않았을 것입니다.

그렇게 잘났음에도 세상의 권세와 물욕에 초연했던 친구…, 그는 행복이 필요하나 행복해지기 힘든 사람들에게 행복을 만들어주는 사단법인 '행복공장' 공장장이었습니다. 불우하게 자라나는 청소년들과 세상에서 소외된 약자들이 그가 행복을 주고 싶어 한 바로 그런 사람들이었습니다. 어느 날 홀연히 뜻한 바 있어 검은 검사복과 함께 높은 세상 것을 벗어던지고 낮은 자들에게 다가간 그…, 그렇게 천사표 변호사가 된 검사였는데 이젠 날개까지 단 진짜 천사가 되었습니다. 그를 집요하게 괴롭혔던 암세포는 사라지고 대신 그 자리에 날개가 돋아났습니다. 이 땅에서 그러했듯 그는 하늘에 가서도 그가 못 이룬 행복을 위해, 그리고 그의 분신 '행복공장'을 위해 계속해서 열일하겠지요. 그래도 그곳에선 좀 평안히 쉬기를 기원합니다.

권용석 '행복공장' 설립자님, 수고 많으셨습니다.

Dear my friend, RIP!


2022. 5. 20.

하광용(태평양인문학교실 운영위원장)

# 득실 셈하지 않은 헌신,
## 부끄러움 잊은 시대의 타종
### – 행복공장 설립자 고 권용석 변호사를 추억하며

이 글을 쓰는 일을 처음엔 주저했다. 나는 고인을 안 지가
고작 5년 남짓이기 때문이다. 훨씬 오래 가까이에서 본 누군가
가 그의 면모를 더 소상히 전해줬으면 했다. 하지만 마음을 고
쳐먹었다. 이유는 뒤에 붙이겠다. 우선 내가 본 대로 그의 모습
을 적어볼까 한다.

살다 보면 앞만 보고 뛰는 사람, 자족하며 걷는 사람이 있
는가 하면, 주변도 살피며 가는 사람이 있다. 자기보다 못한 사
람, 어려운 사람에게 손 내미는 사람이다. 권용석 형이 그런 경
우였다. 첫 만남부터가 '기연'이었다. 2016년 내가 퇴직한 뒤
북극 여행을 떠났을 때였다. 일행 중에 한 가족이 있었다(이미
그는 갑상샘암 투병 중에 큰 수술을 앞두고 마지막이 될지도 모르는 가족 여
행 중이었음을 나중에야 알았다). 알고 보니 같은 학교 법대 선배였

다. 검사로 10년 일하다 나와서 지금은 강원도 홍천에서 행복공장 수련원(성찰공간 빈숲)을 짓고 '성찰 프로그램'과 청소년 지원사업을 하고 있다고 했다. "검사 시절 격무에 시달리다 문득 교도소 독방에 들어가 있으면 좋겠다는 생각을 했는데, 그걸 본떠 수련원을 지은 것"이라며 한번 오라고 했다. 나는 나대로 '북클럽 오리진'이라는 지식문화 확산 프로젝트를 막 시작한 터였다. 그 뒤 행복공장에서 북 캠프도 열며 많은 사람들과 '성찰과 나눔의 시간'을 함께했다. 2평짜리 독방 형태의 수련원은 마음의 쉼터를 찾는 이들 사이에 명소가 되었고 외국 언론들도 찾아왔다. 그는 부인(노지향 극단 '연극공간 - 해' 대표)과 함께 소년원생들에게 연극을 가르쳐 무대에 올리는 치유 사업도 병행했다. 특히 불우한 환경의 청소년을 위한 프로그램에 관심이 많았다.

그의 직함은 이사장이었지만 하는 일에서는 충직한 머슴이었다. 행사 참가자들과 논두렁을 함께 걷고 밤늦게까지 둘러앉아 속 깊은 이야기를 나눴다. 그가 피운 수련원 마당 모닥불에 자신의 새로운 다짐을 적은 쪽지를 태워본 사람은 반드시 다시 올 생각을 했다. 한번은 국회의원들에게 성찰을 호소하는 '손거울 보내기' 운동을 벌이기도 했다. '참 순진하다'는 생각을 그라고 안 해 봤을까. 득실을 셈하지 않고 할 일을 향해 걸어간 사람이었다. 그 사이 병마와의 싸움은 처절했지만 늘 웃는 얼굴이었다. 걱정하는 사람이 멋쩍을 정도였다. 그 넉넉한 웃음은 뒤늦게 찾은 소명과 그것을 위해 자신을 남김없이 연소할 때 누릴 수 있는 남모를 기쁨에서 나온 것이었을까. 힘겨웠을 투병마저 그에겐 소명의 완수를 위한 사소한 절차쯤으로 보였다.

그의 나머지 삶은 알지 못한다. 그럼에도 가신 이에게 혹여 누가 될지도 모를 허술한 회고의 글을 적는 것은 우리 모두의 삶을 떠받치는 숨은 선의와 헌신들에 대한 또 한 줄의 증언이 될까 해서다. 검사가 장관은 물론 대통령까지 되는 시대에 그의 행적이란 보잘것없어 보일지 모른다. 퇴직 뒤 로펌행이 가져다줬을지 모를 수입을 생각하면 참 아둔한 삶을 살았다고 할 수도 있다. 사실은 그렇지 않았다. 그는 몸담았던 검찰의 선후배, 동기들이 추문으로 구설에 오를 때마다 덧난 상처처럼 아파했다. 내가 본 그는 조직의 삶에 끝내 매몰되지 않았고, 얻은 것에 자족하지 않았으며, 사회의 아픔을 고민하고 해결에 조금이라도 힘이 되려 했다. 그리고 자신이 찾은 북극성을 향해 나아갔다. 크고 작은 탐욕과 허영에 눈이 멀어 인간다움이 무엇인지, 부끄러움이 무엇인지 잊은 듯한 시대에 내가 본 그의 삶은 언젠가 수련원에서 듣곤 했던 나지막한 타종, 그것이었다.

2022. 6. 1.

전병근(북클럽 오리진 대표)

# 향기로운 이를 기억하는 것은

강원도 골(谷)은 깊어서 좋다. 13년 전 했던 약속을 지키려 1년에 두 번은 홍천의 행복공장수련원에 온다. 비 내린 뒤끝이라 양덕원 천에 맑은 물이 유유히 흐른다.

신라 의상 스님이 지은 법성게에 "하나 속에 무한이 있고, 무한 속에 하나가 있다. 하나가 곧 무한이요, 무한이 곧 하나이다(一卽一切 多卽一 一中一切 多中一)"라는 구절이 있다. 모든 것이 서로 인연되어 존재하고(相卽), 서로가 서로를 포함하고 있다(相入)는 가르침이다. 한 사람에게 긍정적 변화가 일어나면 세상에 긍정적 변화가 일어난다는 말이다. 공적 역할이 큰 사람은 크게, 작은 사람은 작게 변화가 일어난다. 역할이 크든 작든 어느 것 하나 소중하지 않은 것이 없다. 어느 외진 골짜기에서도 묵묵히 향기 나는 일을 한다면 그 역할을 충분히 한 셈이다.

정갈하고 단정한 방에서 따뜻하고 세심하게 보살핌을 받으며 편안하게 잘 쉬고 귀하고 놀라운 가르침 잘 받고 잘 깨우치고 갑니다. 진정 사랑하는 당신의 얼굴을 이제 모든 만물에서 보겠습니다. 다시는 이별하지도, 찾아 헤맬 일도 없겠지요. 나는 당신의 아름다움 속에서 나의 아름다움을 발견합니다. 사랑합니다. 당신을 향한 나의 사랑이 나를 이곳에서 구원하였습니다. (김**)


아무것도 모르고 천둥벌거숭이로 들어왔다가 말로 다 표현 못 할 깊은 이치와 가르침을 한가득 얻고 돌아갑니다. 혼자서, 맨몸으로, 순수하게 묻고 지극하게 찾아 들어가는 것, 그러니까 주체적으로 정면 돌파해봤던 적이 살면서 거의 없었을 뿐만 아니라, 저에게 가장 부족한 근육이란 걸 깨닫게 되었습니다. 온 존재를 내던져 은산철벽(銀山鐵壁) 너머의 본래면목(本來面目)에 다다르는 환희를 경험하지는 못했지만, 아무의 도움

없이, 혼자 바장거리고 뒤척이면서 만들어낸 도움닫기에 자긍
심과 떳떳함을 느낍니다. (정**)

　무문관 참가자들의 소감문이다. 1.5평의 좁은 방, 손바닥만
한 쪽문으로 하루 두 끼, 아침 죽과 점심밥이 들어온다. 밖에서
문을 걸어 잠그기 때문에 그야말로 문이 없는 무문관(無門關)
이다.

　아침 6시 30분, 스피커에서 나오는 음성에 맞추어 108배를
하고, 죽비소리에 가부좌 틀고 좌선에 든다. 오전 10시, 1시간
동안 수행의 마음을 촉발시키는 참선 방송강의를 듣고 좌선을
이어간다. 나머지 시간은 자유시간이다. 무문관은 함께 수행하
지만 동시에 '혼자서' 수행하는 특이한 구조의 공간이다. 본래
무문관은 스님들의 전통수행이다. 짧게는 3개월, 길게는 6년
이상 빗장 건 독방에서 좁은 틈으로 음식을 제공받으며 화두참

구에 매진하는 폐관 수행방법이다.

행복공장에서는 일반인들을 위한 7일 동안의 일정으로 무
문관 수행을 진행한다. 참가자들은 세상에서 가져온 모든 것들
을 벗어 놓는다. 핸드폰과 입고 온 옷, 읽고 있는 책도 다 맡기
고, 수련복과 세면도구만 챙겨 독방으로 들어간다. 일주일 동
안 1.5평에 스스로를 감금하기로 작정하고 찾아온 이들이다.
온전히 수행의 시간이 시작되는 것이다.

15년 전쯤, 행복공장 설립자인 권용석 변호사가 참선집중
수행을 위해 남도의 절로 찾아왔다. 그는 속내를 털어놓았다.
'검사 시절 감옥에 들어가는 피의자들을 보면서 감옥체험을 미
리 한다면 사회적인 사건이 줄어들지 않을까 생각했습니다. 그
리고 저 또한 검사로 일주일에 100여 시간씩 격무에 시달리면
서 피의자들처럼 나도 감옥에 들어가 쉬고 싶다는 생각을 한

적이 있습니다. 체험수련원을 만들어서 마음치유를 할 수 있는 공간을 만들고 싶습니다.'

반가운 마음에 그 자리에서 약속을 했다. "좋은 생각입니다. 만들면 일 년에 두 번은 불교 전통수행법인 무문관 수행을 일반인들을 위한 프로그램으로 만들어보겠습니다. 21세기 가장 이상적인 감옥을 만드세요."

권 변호사는 2009년, 극단 '연극공간 – 해'의 대표이기도 한 부인 노지향 씨와 비영리단체 행복공장을 출범, 홍천에 '성찰공간 빈숲'을 만들었다. 그는 인터뷰에서 "비행을 저질러 검찰청에 출석한 아이들한테 부모에 관해 물어보면 이혼했거나 미혼모에게서 태어나 아버지가 누군지 모르는 경우가 허다했다"며 "엄한 처벌을 한다고 이런 아이들이 바뀔까. 오히려 더 큰 '폭탄'이 되어 우리 사회를 위협하지 않을까 하는 생각이 머릿속을 떠나지 않았다"고 취지를 밝혔다.

오늘 그가 만든 무문관에서 그를 기억하는 것은, 자기 삶의 만족에 머물지 않고 사회의 아픔을 고민하며 그 해결에 힘이 되고자 했던 향기로운 삶의 주인공이 사바를 떠난 지 100일이 가까워졌기 때문이다.

2022. 8. 16.

금강 스님(중앙승가대학 교수)

Achille Laugé, <The Flowering Tree>, 1893